同學攻略

張一弘 著

自序

二〇〇一年我從中國到了澳大利亞，那一年我十九歲，並不能很清晰地判斷自己的人生所處的形勢，只是被動地跟著家人走。二〇一一年我回中國探親的時候，得了急性盲腸炎，於是在當地醫院做了一個盲腸切除手術。那個手術彷彿除了盲腸外，還把我心裡的一樣什麼給切掉了。回到澳洲後，我放下了一直以來的顧慮，申請加入了澳大利亞籍，同時放棄了中國籍。五年後我博士畢業，第一份工作帶我到了新加坡，後來又到了日本，一、兩年就換一個地方，始終感覺不到想在哪裡停下來。當時還挺滿意自己的這種狀態，到了一個新地方就到處去逛，拍了照片發微信朋友圈裡，自稱「雲遊四海」，把自己比作仙人。

這本《同學攻略》開始寫作的時候，是想寫一個青春情感故事。男主角在高中時喜歡一個女生，告白無果，心裡卻一直放不下。在此後的十數年裡，兩人幾次見面，每次見面都彷彿是舊情重燃的機會。這是寫作的最初的思路。爲了增加距離感，我安排男主角從中國來到南半球的澳洲，也就是代入了一些我自己的經歷。不料因爲這樣的設定，在寫作的過程中，我第一次重新思考了自己離開中國以來的經歷，自己不能在一個地方停下來的眞實原因，最後這變成了我想要表達的重點。

這個原因就是我一直以來都是政治上的邊緣人。書中男主角的父親因爲在八九天安門事件時支持學生，導致在政治上失利，這是我的親身體驗。我的父親在中國本來很有政治抱負，但是因爲不識時務被排擠出權力體系，後來改去做小生意了，在政治上除了失敗的經歷沒什麼可以傳給我。我留在中國的話，就是一個政治失利者的後代。到了外國，作爲一個外國人，當然也不可能進入他們政治體系。在朋友圈發的吃喝遊玩，實際上對我沒有什麼意義，只是除了這些，在這外國我也做不了什麼。像水面上一片葉子隨波起伏，自己居住的國家內部發生什麼事，我始終只能在最外層受到影響，沒什麼可參與的。這很像書中男主角相對於他喜歡的女生的狀態。

我自己其實沒什麼戀愛經歷，寫男女感情總是寫得很單一，恐怕難以讓人喜歡。這本小說如果有可以引起人共鳴的地方，那應該就是這種邊緣人的心態的描寫，畢竟在這一點上我是動用了眞實感情的。

張一弘

二〇二四年三月十五日

同學攻略

1

「女生很可怕。」

這麼說著的時候表哥正坐在公園的欄杆上，一手扶著欄杆，一手捏著一支菸。他目光凝視前方，把菸送到嘴邊吸了一口，吐出一口菸氣，配合著剛才的話，好像看破人生的中年人。其實他比蘇舊才大三歲，還是個高中生。

追問之後原來事情是這樣的。表哥在追他班上一個女生，姑且叫女生甲，女生甲有個朋友女生乙。這天上學的時候，表哥走在路上，看到女生乙騎著腳踏車往學校去，便叫她載自己一程，不由分說跳上女生乙的後座。這樣到了學校。第二天表哥去找女生甲說話的時候，發現女生甲對他莫名冷淡。糾纏了一會兒，女生甲才說，「你昨天是坐她的腳踏車來學校的吧」。說完就不再理他了。表哥轉頭去和女生乙搭話，沒想到女生乙也不理他了。

「女生很可怕，」表哥又重複了一次。「那個女生甲，我追她的時候對我愛理不理，我都沒覺得和她建立了什麼關係。沒想到我剛和另一個女生走近一點，她就管起來了。那個女生乙，本來我還可以和她說幾句話，女生甲一不理我，她也跟著翻了臉。反正我已經完全搞不懂她們心裡的邏輯了。」

表哥又抽了一口菸。那時蘇舊大概十三、四歲，對男女的事懵懵懂懂。他只記得那好像是五月，陽光剛開始顯得熾熱。

「我給你一個忠告。絕對不要想同時追兩個女生，」表哥又說。「不管她們各自有什麼特點吸引你，絕對不要想同時追兩個女生。記住這句話，你能避開很多破事。」

＊＊＊

三十六歲的蘇舊早上起來，疊了被子，洗臉漱口，泡了一杯咖啡，拿到院子裡，一邊看著海一邊喝。他的這棟房子是一棟很小的聯排別墅的一個單元，裡面包含一房一廳一個廚房，算不上寬敞，優點是後門開出去有這樣一個小院子，四、五米見方，柵欄外就是海岸沙灘。當初五十萬澳元分期付款買的，首付十萬，定了一年還四萬多還十年。三年過去，現在賣掉的話能賣六十萬，也算是收益不錯的投資了。

早上醒來前他夢見了好久沒夢到過的買盜版光碟的情景，還是那家熟悉的店鋪。那家店的名字叫悅音，開在渝州正中心的商業街華山街上。從華山北街開頭的路口算起，往南走七到八個店面，悅音就開在右手邊。離著還有兩、三個店面時就能聽到悅音的喇叭在放歌：「深深太平洋底深深傷心——」「我是女生，漂亮的女生——」因爲悅音本來的買賣是賣音像產品、磁帶、影碟。初中時蘇舊在悅音買過好一些磁帶影碟，以他所知悅音到他高一的時候才開始賣盜版光碟。

從那時起悅音通往店後面的小門變成是可以進去的，推門進去後在昏暗的燈光中有一段窄小的木臺階，上去以後來到一個小平臺，盜版光碟就擺在那裡。不像別的地方很多店那樣，隨便把碟堆在筐子裡讓人選，悅音的老闆煞有其事地在牆上安了個架子，上下五層，每層底下是大約一釐米寬的木條，半張光碟的高度拉起一條固定用的皮筋，然後把光碟一張一張地擺上去。這樣諸多光碟的封面就一覽無餘，有什麼《英雄無敵合集》、《暗黑破壞神破解版》、《紅色警戒資料片》、《裝機寶典》、《編曲軟件大全》。要是正版的話這些軟體每一款大概都要人民幣幾百塊，現在幾款軟體一起收在一張光碟裡，每張光碟賣五塊，把金子當白菜賣了。當然高中生的蘇舊對正版盜版也沒有什麼認識，總之買回去能在家裡的電腦上玩起來就行。

初中的蘇舊是一個不起眼的學生。在班上成績平平，也沒什麼特長，也沒什麼突出的個性，沒參加過任何一種比賽，也沒和人打過架。回想起來初中時代幾乎沒什麼特別的記憶可言。要說那幾年生活裡唯一的亮點，大概就是家裡買了一臺電腦。那時他父親開了一家小型的廣告公司，有時把一些活帶回到家裡做，需要用電腦做文字處理，打印一些資料圖樣，因此家裡就配了電腦和打印機。蘇舊大概是他初中班上同學裡唯一一個家裡有電腦的。

這臺電腦放在父親書房的一角一張書桌上，下面是一臺長寬半米高兩分米方盒子般的白色主機，上面是一臺顯像管式的顯示器，像個倒放的垃圾桶，主機前面有鍵盤鼠標，一旁是打印機。

這電腦不是買給蘇舊玩的。父親在家的時候蘇舊沒什麼理由開動那臺電腦，只有父親不在的時候他才能偷偷玩一下。比如說晚上父親在外面和人吃飯應酬，蘇舊就能在他回來前開電腦玩個一兩小時。聽到他父親的摩托車停在樓下的聲音，他就趕緊把電腦關掉回到自己房間裡。到了暑假和寒假是最爽的，白天父親在公司裡，家裡的電腦一整天都是蘇舊的了。

那時還沒有賣盜版光碟的地方，遊戲的來源是來自於遊戲鋪。這種遊戲鋪可以說是後來的網吧的雛形，店裡擺著幾臺電腦裝了遊戲讓人玩，一小時收幾塊錢。也有拷遊戲的業務，用軟碟拷遊戲，一個遊戲十塊錢這樣。蘇舊花了零用錢從遊戲鋪拷了好一些遊戲，裝到家裡電腦上，父親似乎也沒發現。

他記得他在那臺電腦上玩的遊戲有《模擬城市》、《魔獸爭霸》、《凱蘭迪亞傳奇》等等。《模擬城市》是一個建設城市的模擬遊戲，玩家有一片空地，有一筆經費，可以在空地上劃分居民區商業區工業區，修道路建發電廠挖下水道，規劃好了後樓房就會隨著時間過去自己建設起來。《魔獸爭霸》是一個對抗的戰略遊戲，可以選人和獸兩方，可以搭建築、造兵、攻打另一方的領地。《凱蘭迪亞傳奇》是一個探險解謎的遊戲，故事講王國中發生了一些奇怪的事，樹和房子無緣無故地消失，玩家要指揮一個女鍊金術士去調查，在王國裡一些地點走動收集情報，有些過不去的關卡需要解開謎題才能過去。盜版遊戲有時有這樣那樣的問題，有時要設置記憶體，有時要調音效卡，爲了玩遊戲，蘇舊也得研究一遍作業系統和硬件配置。那些大概就是蘇舊在計算機這個專業上的啟蒙。

蘇舊沉默寡言的性格是初中時就開始的。初中時他沒交什麼朋友，和同學只淺淺地交往，畢業後就不再往來了。進入高中第一天，蘇舊拿到課程表，上面寫著一週五天每日的課程，他就心想可能高中他也會就這樣過去。每日到學校按時間上課，回家有機會就玩電腦，沒機會就看書做功課，也許這就是他高中三年的生活。

＊＊＊

這家遊戲廳有六臺電腦，在一個燈光昏暗的方形小廳裡，這邊三臺那邊三臺擺在長桌上，每臺電腦前放著一臺椅子。蘇舊進去的時候，有四、五個男生圍著兩臺電腦，是兩個人在玩對戰，其它人看著。蘇舊認出這是他班上的同學。他站在後面一步遠看了片刻，屏幕上映著一個戰略遊戲，兩批不同顏色的坦克和士兵互相攻打碾壓。忽然這幾個學生中爆出一聲歡呼聲，原來是一方的總部被攻破了，遊戲分出了勝負。旁邊的男生祝賀那個贏了的男生，贏了的男生笑說：「不是我強，是他太弱了。」

那時蘇舊進入高中剛過一個月，對班上同學的名字還不熟悉，但是他記得這個男生應該是叫穆尖。在班上，這個男生的周圍總是很吵鬧，不時就有人叫「穆尖」、「穆尖」這個名字。

穆尖轉過頭來，目光從他後面的男生之間穿過來，看到蘇舊。蘇舊不是跟他們一起來的，他只是來拷遊戲的，所以就把目光移開，往櫃檯的方向走去。

這之後過了一週還是兩週，有一天放學蘇舊從學校出來，往他家的方向走，後面一個人上來拍了一下他的肩膀。原來是穆尖。穆尖是一個中等身材的男生，和蘇舊差不多個頭，蘇舊看他的眼睛時是平視前方。穆尖的頭髮一看就是路邊小店五塊錢剃的，先用電推整個頭推過，再隨便剪一下額髮。

「你玩電腦遊戲嗎？」穆尖微笑著。

「玩啊。」蘇舊點頭。

「仙劍奇俠傳玩了？」

「玩了。」

「那我們能有共同語言了，」穆尖笑說。「我喜歡電腦遊戲，但是太貴了，一小時要四塊錢，在電腦房打穿仙劍花了我快一百塊。媽的，我一個月零花錢只有幾十塊。有人請我玩就好了。你是在哪家店玩電腦遊戲？」

「我在家裡玩。」蘇舊猶豫了一下補充：「我家有電腦。」

「太好了，終於遇到一個家裡有電腦的了，」穆尖很高興的樣子。

穆尖又問蘇舊他家電腦裡裝了什麼遊戲，越說越興奮，很快就要求蘇舊讓他去家裡玩電腦。那是一種咄咄逼人的要求方式，被問的人如果不強硬一點很難拒絕掉。而蘇舊也沒有特別想拒絕他，雖然目前爲止他都是一個人打遊戲，他感覺有機會的話請這個人到家裡一起打一回可能也挺有意思的。

這個週六蘇舊的父親照常在公司，前一天在學校蘇舊就找穆尖說第二天可以到他家來玩。穆尖早上九點多過來的，坐下了先問了問蘇舊家裡的情況。他問蘇舊父母是幹嘛的，蘇舊說父親開一間廣告公司，母親在他小時候和父親離婚，已經很久沒聯繫了。穆尖問什麼樣的廣告公司，蘇舊說就是幫人設計一下海報燈箱什麼的，不大，只有四、五個僱員。其實看一下他們住的這個單元就知道了，三室一廳，沒有電梯的五層樓的第五層。如果他父親開的是大公司，他們不會住這樣的房子。

接著他們就開始打遊戲。穆尖興致勃勃地試玩蘇舊電腦上裝的遊戲，一會兒玩《大富翁》，一會兒玩《武將爭霸》。不知不覺間兩人都感到餓了，看時間已經是下午一點。穆尖問蘇舊午飯怎麼吃，蘇舊說週六的中午他通常都是樓下沙縣小吃解決。

兩人便下樓，走進街道邊上一家沙縣小吃。穆尖說這頓飯他請，因爲蘇舊請他玩了遊戲。蘇舊也沒有拒絕。照例點了餛飩拌麵。吃著的時候穆尖突然說：

「你有沒有看中班上哪個女生？」

「女生？沒有。」蘇舊說。這是他真心話，進入高中以來他還沒有注意到哪個女同學。

「我們班素質好的其實也就那幾個。比如說秦香，長得不錯，成績也不錯。她的學習我是聽說的，看看這回期中考，她可能會在前三裡。然後就是徐小麗，我喜歡她那種高冷的漂亮臉蛋，但她背景好像有點邪，初中時好像在社會上混過。你看她那種表情，是有一種危險的氣息吧。不過要說我們班上最漂亮，只能是楊歌了。她是那種可愛型的，和徐小麗正相反。你看她那種對人都笑笑的態度，好像很容易靠近，說不定追起來很棘手。我也不知道。楊歌好像以前學過芭蕾舞，我看我們班第一回的班委，她會被選成文娛委員。」

一大堆關於同班女同學的訊息就這樣綿綿不斷地被穆尖講出來，都是蘇舊沒有留意過的。高一開始不過一個月多月，穆尖竟然掌握了這許多詳細的訊息，他平時到底在觀察什麼？蘇舊怔了片刻，忽然間一個名字浮到嘴邊。

「你覺得費珊怎麼樣？」

「費珊？」穆尖看向一邊想了一下，「我知道班上有女生叫這個名字，不過還真沒什麼印象。」

蘇舊是在和穆尖這段談話中忽然想起這個叫費珊的女生的。如果要他去喜歡班上一個女生，也許就是她吧。

很難說清楚蘇舊爲什麼一開始就注意這個女生。如果用外在的可以比較的指標去描述，這個女生一點也不突出。成績不是最好的，朋友不是最多的，在男生口中不是最頻繁被提到的，即使用其貌不揚、默默無聞來描述她也不爲過。但她那個表情，有什麼能觸動到蘇舊心底的東西。從沒有別的女生給過他這種鮮明的感受。

平時在班裡，蘇舊無意識地就會往這個女生看。如果偶然看到這個女生在笑，他就會感到特別舒服。他會在日記裡寫下，「今天費珊和她同桌不知在說什麼，突然就笑起來，還把筆盒碰掉在地上。」但蘇舊一直只是遠遠看著她，高一一整年都沒和她說過話，連朋友的關係也沒有。他不知道在對方那裡自己是不是連名字也沒有，但高二分班他和費珊又被分到同一班時，蘇舊確實高興了一陣。

穆尖把碗中最後兩個餛飩連湯掃入口中，嚥下後，拍了一下蘇舊的肩膀，笑說：「你請我到你家打遊戲，我們也算朋友了。我跟你說個祕密，我有個計劃，要在高中三年裡交三個女朋友。」

蘇舊很吃驚，問說：「爲什麼要交那麼多女朋友？」

「這就是青春嘛，」穆尖露出一個爽朗的笑容。但蘇舊看這笑容卻不覺得舒服。穆尖又說：

「人能玩的也就這麼幾年，一般都是到二十四、五就結婚了對吧。不趁現在多和一些女生談談戀愛，結婚了就虧了。當然我不是說要同時有三個女朋友，那還是太驚世駭俗。交一個，分手了再換一個，這總沒有問題吧。」

蘇舊聽了感覺有點不祥，但他沒說什麼。

穆尖對蘇舊說了這個祕密，表面上並沒有和他變得怎樣親密。蘇舊還是每日獨來獨往，穆尖還是周圍總有三四個人圍著。

那之後很快就是期中考，這是高中第一次全體全科目的考試，本來不知道的每個人的學習能力，這次就一下都有底了。考試的結果貼在教室後面的通知欄裡，誰都可以去看。班上四十五人裡，第一名是秦香，穆尖第六名，蘇舊第十六名，費珊第十八名。蘇舊對自己和費珊的成績沒有任何意外，倒是沒想到愛玩愛聊天的穆尖能考那麼高。

期中考成績公佈後過了兩天，班主任陳老師開出了一個班委的名單，在班會上公佈。秦香是學習委員，楊歌是學習委員，還有生活委員體育委員之類，還有四個組的組長。班長是穆尖。

「這次我是以大家的期中考的成績和我對每個人的印象自己決定的，因為考慮到大家相處不久，對彼此還不瞭解。明年開始我會讓大家投票選班委，」陳老師說道。

2

蘇舊喝完咖啡回到房子裡，到廚房煎了雞蛋培根，烤了一片麵包一起吃了，然後換上襯衫西褲拎起公文包出門，開車去上班。公文包裡沒有文件，只有一臺工作用的手提電腦。

公司在市中心商業區內，離家差不多三十分鐘車程，租了一棟寫字樓的兩層。蘇舊把車在寫字樓的地下停車場停了，搭電梯來到公司樓層，刷卡進去，朝著他的辦公室徑直走過去。這過程中有人和他打招呼說早安，他就含糊地應一下，他自己不主動和任何人打招呼。

進了辦公室，蘇舊就開電腦開始工作。先檢查郵箱看是否有員工對網路問題的投訴還沒回答。他是這家有大約六十名員工的公司的網路管理員，一個人管著公司網路的大小事。他的辦公室是一間三米寬六米長的小房間，只有一張辦公桌。辦公室隔壁就是放公司伺服器的機房。

這是一家做國際貿易的公司，但公司業務蘇舊不需要關心，他的工作就是維護伺服器，解決公司的網路問題，不管公司是賣海鮮還是賣化妝品，對他要做的事都一樣。

今天有一個新招的實習生來報到，蘇舊除了給他的電腦設置網路外，還要給他上一課，講解公司的網路使用。如果不是這樣，一天下來蘇舊可以不用和人講一句話。這間辦公室對他來說像個與世隔絕的地洞。他每天在這裡盯著顯示器從九點坐到五點，如果沒有什麼麻煩發生，這一天就算順利過去了。這份工作蘇舊已經做了三年了，他從沒感到有什麼不滿的地方，工資不錯，又不用搞人際關係，這世上應該沒有別的更適合他的工作了。

＊＊＊

蘇舊不清楚班幹部的世界，不過他想班長應該不是隨便可以當的。和同學的關係要好，和老師的關係也要好。那時的班主任陳怡老師是個新人，剛從師範學校畢業，年紀也就二十二三歲，第一年在高中當老師便擔任了班主任。陳老師看著是個心思縝密的人，很少隨便發笑，她選了穆尖當班長肯定有她的考慮。

「我不知道。可能看著我好玩？」蘇舊有一次當面問穆尖，穆尖笑著這麼回答說。

第一學期後半部分穆尖這個班長當得還算中規中矩，班長該做的事，在班會上做報告，調動其它班委的工作，指揮大掃除什麼的，他按規矩做了，並沒發生什麼出格的事。直到元旦班上辦了一個迎新晚會，這個是學校建議的，每個班可以辦可以不辦，蘇舊他們班是辦了。穆尖說他要表演一個跳舞，大家都猜不出是什麼舞。那天晚上他接在一個合唱後面表演，音樂放起來，一跳起來，原來是邁克爾傑克遜的舞。也不知道他是在什麼時候練習的，跳起來還挺像的，連月亮步也走了出來。那天晚上爲了造氣氛，教室裡沒有開燈，只是把桌子圍了一圈，桌上點了蠟燭。穆尖在幽暗的燭光的包圍中，被一圈同學看著，隨著音樂激烈地扭動著身體。好像他身體裡有什麼按耐不住的東西。

一年級下學期剛開始不久，穆尖要追楊歌已經是很明顯的了。本來他的一舉一動被大家注視著，他有事沒事過去找楊歌搭話，早讀的時候點名楊歌，體育課後給楊歌送水，怎麼回事大家都知道。

一天蘇舊的同桌，一個男生以一種故作神祕的神情對蘇舊說：「聽說了嗎？穆尖請楊歌去看了電影。」這是楊歌對一個女生說，女生又對一個男生說，就這樣在班上傳開了的事。穆尖和楊歌的事一時成了班上同學課餘時間的娛樂八卦。彷彿只有蘇舊因爲之前穆尖告訴他的話，並不很看好這兩人的未來。

那時是四月還是五月，有一天蘇舊放學走在路上，忽然穆尖從後面追上來搭話。先聊了幾句電腦遊戲的話題，中間穆尖忽然說：「你覺得楊歌怎樣？」

「不錯啊，」蘇舊不假思索說道。這時對著穆尖不可能有其它回應。

「你要不要追她看看？」穆尖說。

蘇舊聽了很驚訝說：「你不是在追她嗎？」

「追女生也是要一起追才好玩嘛，」穆尖笑說。

「我沒有那麼喜歡她，」蘇舊說。

「這個無所謂，不喜歡也不要緊，當作是個遊戲，大家比一比追女生的本事。你也追我也追，看看誰能追到。怎麼樣？一起來吧。」穆尖保持著笑容說。

穆尖提這要求時又是那種咄咄逼人的態度，蘇舊一時沒有拒絕後，忽然覺得和他一起坑一下也無妨。

「你要我怎麼追？」蘇舊說。

「方法很多啊。比如寫情書。其實除了你，我還叫了兩個人，也讓他們給楊歌寫情書。就當這是個寫情書的比賽，月底前寫完交給楊歌，大家比比誰文采好，能打動她多一點。」

穆尖說他叫的人，其中一個後來蘇舊知道是個叫蔣方的男生。那是個留著平頭，常常在穆尖身邊出現，說話聲音很大的男生。那天下課蘇舊站在走廊上吹風，楊歌和另一個女生也在走廊上說話，蘇舊親眼看到蔣方笑嘻嘻地走過來，把一個木色信封遞給楊歌，然後扭頭就走。那是穆尖說的情書無疑。

那段時間是梅雨天氣，常常下著連綿的小雨。那個週六蘇舊在家裡，聽著窗外的雨聲，寫了人生中第一封情書。知道對方並不是自己特別喜歡的人，寫起來倒意外地輕鬆，沒什麼壓力，只儘量把一些華麗的詞句寫進去：「那日第一眼看到你，就被你的美麗所打動。你讓我想起希臘神話中的美神維納斯……」云云。寫完了裝進一個白色信封裡。

蘇舊不會像蔣方那樣衆目睽睽下把情書遞過去，雖然是寫著玩的，情書畢竟還是情書，是很私人的事情。蘇舊等到下午放學時，在腳踏車停車場等著。停車場是在教學樓的地下一層，即使是白天也光線昏暗，蘇舊又在牆角找了個不起眼的位置站著。看到楊歌下來牽車，是一個人，蘇舊便上前朝她遞過去情書。楊歌看了笑了一聲說：

「你也來？」

接過信封放進書包裡。

蘇舊想了一下說：「穆尖有給你寫嗎？」

「沒有，」楊歌說。又問：「是他叫你們寫的嗎？」

「怎麼會呢？」蘇舊曖昧地回答。情書畢竟是情書，不該是在別人的命令下寫的東西。

楊歌踩上腳踏車走了之後，蘇舊從停車場出來，往校門口走，正好看到走在前面幾步遠的費珊的背影，留著馬尾辮，背著個黑色書包。雖然費珊這時不可能已經知道了他給楊歌情書的事，但蘇舊還是覺得心裡不安，好像被這個背影問責一般。

穆尖的打算是要讓別人都交完之後，才把自己的情書交上去，像壓軸戲一樣。那個月最後一天，終於聽到傳聞說穆尖給了楊歌情書，說是寫了五頁紙。

那之後蘇舊彷彿爲彌補什麼一般，想對費珊有所表示。那時正好費珊的生日快到了。之前班上活動有一次機會，大家交換了電話號碼和生日的訊息。蘇舊翻出通訊錄，翻到費珊那一頁，上面記著費珊家的電話號碼和她生日，六月二十日，果然快到了。蘇舊便想去買一樣禮物在她生日那天送給費珊。

蘇舊從抽屜裡翻出這個月剩下的零用錢塞在口袋裡。來到商店街，進去精品店，逛了半天沒看到什麼好的，逛到第三家時，他才挑中了一個水晶的小鹿。這個小鹿價格不菲，買了後他口袋就沒剩下幾塊錢了，但他想無所謂，反正他本來也沒什麼需要花錢的。

費珊的生日是個週六，因爲想到費珊生日晚上可能有筵席，所以蘇舊決定中午叫她出來。他也不知道費珊住在哪裡，但想必離學校不遠，因爲他看到費珊都是走路上學的。所以地點他選了學校旁邊的一個公園。

早上他父親去上班後，蘇舊等到九點，給費珊打了這個電話。電話是費珊接的，蘇舊聽到「喂」的一聲，便說，「費珊嗎？」費珊說，「是我，你是誰？」蘇舊說，「我是蘇舊。」也不知爲何，第一次給費珊打電話，他並沒有感到緊張，好像這時發生的是再自然不過的事。蘇舊接著便說他有話想和她說，如果費珊中午有空的話能不能出來一下，在學校旁邊的小公園見。費珊答應了。

挂了電話，蘇舊開電腦玩了一盤《英雄無敵》，看時間差不多就拿起禮物出門，走到公園前面。在公園裡又等了差不多半小時，蘇舊正無聊地數著樹葉，便看到費珊從公園便道上走過來。費珊穿著短袖衫和牛仔褲，頭髮像平時一樣扎著馬尾。費珊走到蘇舊面前，蘇舊盯著她愣了一會兒沒說話，費珊就神色生動地笑起來說：

「幹嘛？不說話嗎？」

蘇舊從身後拿出那個裝著水晶小鹿的盒子，遞給費珊說：

「聽說今天是你生日，所以想送這個給你當作禮物。」

費珊接過盒子，沒打開，只是拿在手裡看了看，說：「我和你好像不是很熟，爲什麼要送我禮物？」

蘇舊很自然地說出了浮到嘴邊的話：「因爲我喜歡你。」

費珊像聽到什麼笑話般笑了一下說：「你喜歡我？但是你不是之前給楊歌寫過情書嗎？」

蘇舊吃驚說：「你聽誰說的？」

「班上女生都知道。楊歌一個月收了六、七封情書，搞得像個情書大會似的。你還指望人不知道嗎？」費珊笑說。

「我那是湊個熱鬧，不是眞心的，」蘇舊試圖辯解。

「不是眞心的也能寫出情書？你們男生眞有意思。」

蘇舊不想再做徒勞的解釋，不說話了。費珊目光朝下看靜止了幾秒鐘沒說話，然後把盒子往他胸前一塞說：

「這個禮物你留給別人吧，給我不值得。」

蘇舊接住盒子，費珊就轉頭走了。

＊＊＊

高一的暑假蘇舊家的電腦連上了網路。那時還是用撥號上網，通過調制解調器滋滋喳喳一陣後連上。這種網路電話公司是像打電話一樣按時間收費的。蘇舊父親對他說他可以上網玩，但一天最多只能上一小時。

那時上網還是一件新鮮事。穆尖暑假來找蘇舊，得知了他家電腦可以上網的事，便三天兩頭來玩。兩人在網上翻一些七七八八的網站，那時的網站還是從雅虎的目錄裡找的。又在個人主頁的留言板留言，嘗試各種早期的聊天軟體。穆尖還算能守規矩，一小時的限制到了之後他就讓蘇舊下線。

有一次來的時候，穆尖帶來一張光碟。那時盜版光碟已經很多地方在賣了。穆尖帶來的光碟裡有一個叫《同級生》的遊戲。

「同級生是日文，中文就是同學的意思，」穆尖解釋說。「這是一個日本人做的遊戲，不過被臺灣人翻譯成中文版了。你可以玩一下看看。這個遊戲表達了我想要的東西。」」

聽穆尖這麼說好像這個遊戲對他頗為重要。穆尖回去後，蘇舊就把這個叫《同級生》的遊戲裝到電腦上。試著運行的時候出現內存的問題，蘇舊調了半天內存都快放棄了，遊戲才跑起來。進入遊戲的第一個畫面是在黑色背景的正中間，顯示著這樣一行暗紅色的文字，「你的青春只有一次」。蘇舊有點被震撼到了。

第二個畫面要蘇舊輸入主角的名字，他就隨手輸入了一個「純太」。玩了半小時後，蘇舊大致明白了遊戲的故事背景和系統。在一個叫矢三的日本的小鎮上，生活著一名叫純太的高三的男學生。學校從十二月二十三號開始放寒假，是日本高中的兩週長的寒假，放到一月六號，在這兩週寒假裡，純太似乎想達成一個什麼目標。

遊戲的系統是這樣的，有一個地圖畫面顯示著矢三町的街道和場所，玩家可以用鍵盤的方向鍵指揮純太在地圖上上下左右地走，並且可以從場所的入口進入那個地方。可以進入的場所有學校、醫院、車站、公園、便利店、同學家，還有純太自己家，總計有二十來個。其實還可以搭電車到隔壁一個叫月光町的大城市，那裡又有商場遊樂園神社等十幾個場所。遊戲中有時間的概念，訪問場所會消耗時間，進出一些場所後一天就過去了。

在很多地方，有時在車站，有時在公寓樓前面，有時在公園，純太能撞見女人，有的是同學，有的是不認識的女人。撞見不認識的女人的時候，純太會試圖和她搭話，有時對方也會回應，就好像還有和她發展下去的可能。蘇舊玩這遊戲兩、三小時的過程中，有七八個陌生的女人登場，第一次撞見，接著又在別處撞見，每一個女人都好像能和自己發生一個故事似的。當然還有自己的女同學，也會在不同的地方反覆撞見，顯現出還有故事的可能。但是第一盤玩下來，就是到遊戲中的寒假結束，純太和誰都沒出現一個圓滿的結局。

看起來這個遊戲難度相當高。遊戲的目的顯然是要純太和女性談戀愛發展關係，但諸多登場的女性只會出現在特定的時間和特定的場所。比方說，只有二十六號前的下午三點到六點間來到學校的弓道場，才能見到一個弓道部的短髮女生，因爲弓道部二十七號開始就放假了。如果以十五分鐘爲一個單位，不算晚上，因爲晚上出去基本不會遇到人，那兩週的時間裡有六、七百個時間點，地點有三、四十個，摻在一起有上萬個可能的時空節點。和女性相遇的設定被藏在這浩大的時空裡，而大部分的時空節點進去並不會發生什麼。再加上還有因果的設定，比如說有一個學妹，只有先在圖書館遇到，互相自我介紹後，才能在網球場再看到這個學妹。整個遊戲就是要求玩家找出一連串預設好的時空節點，按順序進去，才能完成和一個女性的故事。

不知是不是蘇舊第一次玩這種戀愛類遊戲，抓不住要點，玩了幾盤都沒達到該有的結局。有一盤已經和一個女生有很豐富的互動了，又一起打網球，又一起去遊樂園，但到了結局時還是缺了什麼，離某種終極的結局明顯還差一步。

應該是八月的一天，晴天無雲，天氣很熱。蘇舊正在家裡玩電腦，將近中午的時候他接到一個電話，是費珊打來的。費珊問蘇舊在幹什麼，聽了回答後說：

「現在有一個電影我挺想看的，但找不到人和我一起看，你有沒有興趣一起？」

「有啊，」蘇舊趕緊說。

費珊說了那電影下午一個時間有一場，兩人就約了電影開演前十分鐘在電影院前面見。蘇舊選了他自以爲最看好的一件襯衫穿上出門，來到電影院前時，費珊已經在那裡等他了。費珊穿著是她一貫的風格，短袖衫和牛仔褲，背了一個比上學用的書包小一號的黑色背包。兩人到售票處買票，蘇舊說他請客，費珊說：「不要，還是我請你吧，畢竟是我提出要看這片的。」

也沒等蘇舊回答，費珊就買了兩張票。兩人在電影院裡坐了一個半小時看完了電影。那是一部香港電影，主演是有四大天王之稱的很有名的演員。故事的主線是兩男一女的三角戀，混合了許多小人物的世俗生活細節。那時香港才剛回歸大陸不久，拍出的電影仍然很有港味。

從電影院出來後，費珊問蘇舊說覺得兩個男主角哪個好，蘇舊說都不怎麼樣。費珊就說她更喜歡那一個，因爲什麼什麼。接著又說：「其實我覺得三個主角裡面要說差就是那個女主，就那個脾氣，那個德性，竟然有那麼好的兩個男人追她。這編劇是怎麼想的。」

蘇舊聽她說著不插話。兩人走到一個路口時，費珊說她走這邊的路回家了，蘇舊便和她道別。轉身之前費珊說：「你不要想多了，我只是覺得那天拒絕了你的禮物有點不禮貌，所以想補償你一下。」

蘇舊說：「知道。」費珊就轉身走了。

3

五點下班，蘇舊開車到超市買了菜，回家做飯吃。他用烤箱烤了半打雞腿，又做了蔬菜沙拉，主食則配土豆。來澳洲這許多年，他已經完全適應了西餐的吃法。

吃完飯洗好碗筷，他像往常一樣到海邊散步了三十分鐘，然後回家看電視。八點鐘的新聞裡說了政府關於減稅的討論，又說了敘利亞的戰事等等。看完新聞，他坐到電腦前，打開遊戲《文明》來玩。這款模擬策略遊戲節奏很慢，要一年一年把一個原始部落發展成現代國家，一局玩下去能玩十幾二十小時。但蘇舊也沒有別的事要幹，不介意用這遊戲消磨時間。

玩了一陣子厭了，蘇舊打開手機刷了一陣社交媒體。他看到有一個推主某甲發推說自己以前追的一個女生給自己打電話。蘇舊關注了一陣子這個推主，所以知道他和這個女生的故事。這個女生小他十歲，兩人在一個聚會上認識，他常常約她出來，送她東西，帶她去看演出什麼的。女生對他愛理不理的，他約她三次她可能答應一次。這種狀態保持了兩年後，女生說她交了一個男朋友，但也沒有要和某甲斷絕關係的樣子，有時還是會和他一起出去。之後女生和她男朋友結婚，某甲也去參加了婚禮，還把婚禮照片發在網上。

這回是女生給某甲打電話說：「我今天打掃房間，在一個紙箱裡找到你以前送我的一條手鍊，我記得你說是施華洛世奇的，應該挺貴的吧，你找一天來拿回去好了。」

某甲說送你的就是你的了，你要是不想留著送給別人或者賣了都行。女生便說：「你要這麼說，那我就放到閒魚上賣了。」某甲回答好的。停頓了兩秒鐘，女生又說：「賣來的錢我請你吃頓飯。」

某甲說你請我吃飯，你老公不會介意嗎？這回女生停頓了五六秒鐘，然後說：「那就算了。」

某甲趕緊安慰說，只要你高興就行。不管你想吃飯還是想幹什麼，只要你願意我一定奉陪。女生不耐煩地說了聲再聯繫吧，就斷了通話。

蘇舊在社交媒體上看完推主自述的這段故事，感覺他不是不能理解推主的心情。這種男人網上有個專有名詞，叫「舔狗」。「舔狗舔狗，舔到最後，一無所有。」蘇舊自覺在戀愛中他也可以是這種角色。如果現實裡他認識對味的女生，他可能願意把她捧上天，讓她像個暴君一樣肆意踐踏自己長年建立的規矩的生活，把他逼上一條他從未見過的道路，一路走到黑。如果那個女生對味的話。

蘇舊到廚房打開冰箱，發現還有一罐啤酒，就打開來喝了一口，然後拿著走到院子裡。這天是陰天，沒有月亮星星，本來是天空和海的地方現在只有漆黑一片。

＊＊＊

高二開學後，蘇舊過去找穆尖說話，說他讓他玩的那個遊戲太難，打不出結局。穆尖好像早知會這樣，以得意的表情笑了一下，對他說：

「你需要一份攻略。」

蘇舊玩了許多電腦遊戲，又訂閱了電腦相關的報紙雜誌，知道攻略是幫助遊戲玩家破關的指導材料。但他沒想到這個遊戲也有攻略。

穆尖又說：「你想追遊戲裡哪個女生？我明天給你攻略。」

蘇舊回想了一下，就覺得覺得對遊戲中的一個巴士導遊挺感興趣的。相對於高中生主角，那是個已工作的大人，一個裝扮成熟的美女。之前玩的時候去車站或經過旅行社店門的時候，偶爾會遇到這個巴士導遊，發生去旅行的事件的時候，車上的巴士導遊也是她。雖然在遊戲中這明顯是個配角，但不知怎麼這時蘇舊想到的首先是她。

「沒問題，我回去寫一份攻略給你，」穆尖笑說。

第二天穆尖把一張紙交給蘇舊，是一頁從筆記本上撕下來的稿紙，上面列了一個像時間表一樣的東西，用藍色圓珠筆寫上去的。幾月幾日幾點幾分到車站，幾月幾日幾點幾分到公寓樓，對話的選項要選哪個，寫了大約二十行。看來只要按攻略上一步步指揮純太的行動，就可以達到和巴士導遊的結局。

週六蘇舊在家裡試了這個攻略。果然發展得很順利。純太幾次在車站和旅行社前面見到這個巴士導遊，每次見到純太都會向她搭訕。一開始這個巴士導遊對純太愛理不理的，但幾次見面之後也開始話多起來，認真回答了純太的問題，還和純太去公園約了一次會。

純太的好朋友柔道部的男生抽到兩日一夜四人的溫泉旅行的招待券，邀請純太帶一個人去，這時遊戲給了幾個選項，蘇舊按攻略選了帶妹妹去。上了旅遊巴士後發現給他們導遊的就是那個巴士導遊。在溫泉旅館沒發生什麼特別的，只是回家的時候，妹妹說她的護身符好像丟了。之後純太在旅行店門口又見到巴士導遊的時候，巴士導遊說她在車上發現一個護身符應該是純太他們丟的，兩人約好了去她家拿。

按照攻略上寫的，蘇舊讓純太比約好的時間提早半小時來到巴士導遊家裡，巴士導遊正在洗澡，包著浴巾就來給純太開門。純太進去後，巴士導遊又以包著浴巾的姿態在家裡翻那個護身符，撩得純太按捺不住，上去抱她，巴士導遊也沒抵抗，順勢和純太雲雨了一番。之後兩人覺得情投意合，就以男女朋友交往起來。畢業後純太在一家大公司找到了工作，巴士導遊也辭去了導遊的工作，做起了家庭主婦。

看到結局畫面後，蘇舊退出了遊戲，關了電腦，對著黑色的電腦屏幕發了一陣呆。原來是這樣，蘇舊心想。如果他自己玩，大概不會想到要帶妹妹去溫泉旅行，也就沒有掉了護身符的事。就算碰巧他叫了妹妹，發生護身符的事，他也肯定想不到去巴士導遊家時要提早半小時去，也就不會發生那香豔的事，也就走不到巴士導遊的結局。攻略把故事最難的要點解出來了。蘇舊不由感慨攻略的力量。

過了幾天，這天放學的時候，蘇舊走在路上，穆尖又從後面打招呼。

「和我到前面公園逛一圈？和你說兩句話，」穆尖說。

這時剛經過班委選舉不久，投票結果穆尖大比數勝過第二名的秦香，當選了班長。按理說他現在應該很忙才對。

兩人來到公園，穆尖問說：「後來有打《同級生》嗎？」

「打了。按你給我的攻略，真的打到了結局，」蘇舊說。
「那當然的，攻略就是要有這個效果。」
「你這個攻略是自己想出來的嗎？」
「那倒不是。在網上看到，自己試了試，簡化了一下。」
兩人沉默了片刻。那時是夏末初秋，下午五、六點鍾天色還很明亮。公園裡鋪著人工草坪，種著些樹，草坪上有些彎曲的卵石道。
「你和楊歌發展得怎樣？」蘇舊猜想穆尖是不是想和他說女生的事。
「還行。」
「你追楊歌的時候也有攻略嗎？」蘇舊突發奇想。
「網上有一些教人怎麼追女生的攻略，我看了一些。」
「有用嗎？」
「有用，」穆尖點頭說。「和楊歌說話的時候，如果不是看了攻略，有些話我說不出來。比如說她問我我喜歡她哪點，我看攻略說，被問了這話的時候，一定要說喜歡她的全部。如果說出一點具體的什麼特點，大概率會失敗。」
「所以你現在算是追到楊歌了嗎？」

「怎麼說呢，我感覺有點厭煩了。不是說不順利，一直都很順利。之前有一天和她逛街，和她牽了一下手。就是那時候我覺得，和楊歌已經沒意思了。再追下去，難道要結婚不成？之前看了一個電影，裡面有一句臺詞我印象很深，說，如果我們就這樣好下去，結婚生子，那也不會是個故事。我享受的是有一個目標可以追的那種感覺，並不是想追到女生後幹什麼。楊歌不配合我這種想法，這也是當然的，追女生總有追到的一天。沒有什麼女生是永遠追不到的。何況我還看了攻略。我覺得自己很矛盾。你明白我的意思嗎？」

「我不奇怪你說的。你之前就說你高中三年要交三個女朋友。」

「沒錯。高中也已經過去一年了，該換個目標了。」

說完兩人又沉默了一陣，然後穆尖說：「我回家了。」轉身就要走。

在這段談話的過程中，蘇舊對穆尖產生了一種近似於鄙夷的心態，但在他轉身要走的這一瞬間，蘇舊忽然改變了想法。他心裡湧起一種不知從哪裡來的敬佩的感情。

「穆尖，你很了不起，」蘇舊從後面對他說。穆尖轉回身來，蘇舊便對他擺出一個鼓勵的微笑。

「你支持我？」穆尖也笑了說。

「你做什麼我都支持你，」蘇舊保持微笑說。

那之後在班上蘇舊留了個心注意穆尖的舉動，發現他果然對楊歌疏遠了許多。有一次下課在走廊上，楊歌過來和穆尖搭話，穆尖應也沒應直接走開了。蘇舊和別的男生站在走廊上都看到了。

「班長和楊歌怎麼了？之前兩人不是挺好的嗎，怎麼突然鬧僵了？」蘇舊的同桌和蘇舊私下裡說。

「我不知道，」蘇舊回答。

那一陣子班上紛紛議論穆尖和楊歌的事。蘇舊沒參與這些議論。他依然每天一個人上學放學做作業，很少和人說話。他家的電腦升級了硬件，裝了最新的視窗系統，遊戲也更精美了。一有機會他就在電腦上玩《文明》、《英雄無敵》、《極品飛車》。

高二的時候開了計算機課，他特別高興。雖然高考也不考計算機，但這門課他上得最爲用心，戴眼鏡小個子的計算機老師教什麼他都想學。平時上別的課的時候，他會像其他同學偷看漫畫書一樣，在下面偷看編程教材。反正他的座位在最後幾排，老師也注意不到。蘇舊自知他家不是什麼富貴人家，將來不能靠吃家裡過日子，是要出去找工作的。但他覺得就算其他事他幹不了，他肯定還能靠搞電腦在哪裡混口飯吃。

寒假的時候秦香來過一次蘇舊家。不是什麼私人原因，好像只是陳老師派的任務，要她到所有同學家拜訪一次。那天蘇舊爸爸不在家。秦香看了一遍蘇舊家的佈置，又問了他將來的計劃。

說到電腦，秦香很有興趣的樣子，和蘇舊聊了一會兒。秦香說她爸爸她爺爺都建議她進大學時學計算機專業。

「那你打遊戲嗎？」蘇舊問。

「完全不打，」秦香笑說。

蘇舊在電腦上給秦香演示《極品飛車》，秦香也動手玩了一下，很快過去了一個多小時。告一段落時，兩人坐在沙發上沉默了片刻。蘇舊想後問說：「爲什麼陳老師不是派穆尖而是派你做家訪？」

「這一學期穆尖在同學中的評價下降了很多，你知道的吧？因爲楊歌的事，」秦香說。

「不是什麼嚴重的事吧？本來兩人又不是正式的男女朋友，有時親一點有時疏一點很正常吧？」蘇舊試圖爲穆尖辯護。

「你覺得不嚴重嗎？明年的班委選舉，穆尖可能選不上班長。很多女生說不會再投票給他。」秦香說。

如果是這樣，那明年無疑是你秦香做班長。蘇舊心裡想著，沒說出口。

「我前幾天去過穆尖家，」秦香又說。

「是嗎？他家是怎樣的？」說來蘇舊還不知道穆尖住在哪裡。

「他家是華山路上那種很常見的臨街的房子，樓下一間店面，樓上睡人。他媽媽在樓下開一間賣麵線糊的店。樓上是他和他媽媽住的地方，原來應該是一間房，勉強用木板隔出兩間房。穆尖的房間除了一張單人床什麼都放不下，連桌子椅子都沒有。我坐在他床上和他聊了一會兒。問起他父親，他只說和小時候和他媽媽離婚，很久沒音訊了。」

「原來是這樣。」蘇舊本來覺得無法想象穆尖回家後的生活，現在覺得更難想象了。

新年過後有一次蘇舊跟父親去親戚家串門，吃了飯父親說還要和親戚聊一下，蘇舊就先走了。回家路上經過文化宮。文化宮有個大水池，周圍種著些柳樹，擺著長形的石凳。蘇舊經過水池邊，看到有個女生一個人坐在石凳上，穿著一件黑色夾克，面朝水池，看那背影顯然是費珊。

他就過去打了個招呼：

「費珊，在這裡幹嘛？」

費珊好像正在想什麼事情，思路被突然打斷般，用迷離的眼神看著蘇舊，一會兒才反應過來，說：「哦，蘇舊。沒有，我在這想點事情。」

忽然她又說：「你現在有空嗎？我反正沒事，要不要一起到街上逛逛？」

「好啊。」蘇舊說。

他和費珊從文化宮出去，走到外面的商業街華山路，兩人順華山路這樣逛下來，進去音像店，進去書店，進去精品店，一邊走一邊隨便聊著眼前看到的東西。

費珊顯得有些心不在焉，在路上斷斷續續地講了她一個表姐的事，蘇舊沒有聽得很明白，聽上去好像這個表姐經歷很苦，從小父母離世，被寄養在親戚家生活什麼的。

走到一家冷飲鋪前面，費珊忽然說：「我們吃冰淇淋吧？」

「現在？冬天吃冰淇淋？」

「誰說冰淇淋一定要夏天吃啊？這店冬天還賣冰淇淋，說明還是有客人的，」費珊笑說。「來吧，我請你吃。」

兩人進去店裡，費珊買了兩份用紙盒裝著的冰淇淋，一份遞給蘇舊。他們坐在空間狹小的店裡吃。有一兩分鐘費珊沒有說話，好像在很認真地品嚐冰淇淋的樣子，然後忽然說：「蘇舊，我有個喜歡的人。」

蘇舊愣了兩秒鐘後說：「是嗎？我認識他嗎？」

「你不認識，」費珊說。「算是我遠房的親戚。」

「他知道嗎？」

「我不知道。他就算知道也不會說的。他已經結婚了。」

「他多大？」

「到四月時就正好三十五歲。他孩子已經上小學了。」

蘇舊覺得很震驚。他想知道一點詳情，但又不敢問。

「所以我想說的是，你喜歡我是喜歡錯人了，」費珊接著說。「我不值得你付出感情。」

蘇舊想反駁她說的話，但不知該怎麼說。接著兩人就沒再交談，默默把冰淇淋吃完了。

回到外面馬路上，和費珊道別後，蘇舊自己隨便在街上逛了逛，又進了一家書店。走到雜誌區，他看到架子上有一本題爲《駭客入門手冊》的小冊子，黑色封面，附帶一張光碟。他心裡一動，拿起來翻了翻，發現裡面有講怎麼在網上入侵別人的電腦。小冊子中的內容一下切中了他那時的某種心境。他像捧著個寶物一般，把這本小冊子買回家，接著每天研究駭客技術，一直到寒假結束。

他安裝了附帶的光碟中的駭客軟件，按小冊子上寫的方法，在網上找密碼薄弱的電腦，猜密碼進去。第一次用破解出來的密碼遠程登入別人的伺服器時，停在登入界面，黑色屏幕上光標閃爍著，要他輸入密碼。他有一種一過此門無法回頭的壓力。但是他還是想看看這個被密碼保護的伺服器裡有些什麼。

敲了密碼進去，先執行目錄列表，這是一個大學的用戶，目錄裡有些課程表和考試用的資料。

看完了他就退出了。蘇舊沒想做什麼破壞，或者像一些駭客一樣，留下個「本人到此一遊」的記號，他就是想看看別人電腦裡存的東西，看看一個人在以爲別人看不到的地方會保存些什麼。他覺得好像有些什麼東西只有在祕密的地方才能找到。

4

蘇舊在院子裡喝完一罐啤酒，看著漆黑色的深夜的海，腦中浮現著過去的事。他想，他怎麼會想起這些。哦，原來是前一天晚上做了買盜版光碟的夢。蘇舊搖了搖手中的易拉罐，已經空了，他便返回廚房，把易拉罐扔進垃圾桶裡。

然後他回到起居室，坐到電腦前，準備繼續剛才那盤《文明》。正要開始遊戲時，他手機收到一個郵件通知，他就打開郵箱看了一下。是他國內的郵箱寄給他的一封郵件，說他的郵箱多久沒登入了，如果再不登入郵箱帳號就會被取消。蘇舊出了國後換了一個國外的電子郵箱，以前用的國內的郵箱變成一、兩個月才會看一次。

蘇舊打開國內那個郵箱網站，登入進去。他並沒有指望誰會往這個郵箱給他發郵件，他現在的朋友基本都知道他的新郵箱。但是登錄進去一看，他的心猛地跳了一下。夾在幾封廣告郵件中，有這樣一封新郵件，標題是「我離婚了」，發件人名字用拼音寫的，拼起來無疑是「費珊」。

他打開郵件，裡面的內容是這樣的：

蘇舊：

你好嗎老同學？澳洲現在應該剛進入夏天吧。我在渝州老家。渝州天氣開始變涼，街上的人都穿上了外套，道旁樹的樹葉也開始發黃了。

我上個月結束了五年的婚姻。沒有什麼爭吵，是很自然的結果。和他終於還是合不來。一個月來忙著一些婚後財產劃分的手續，現在才差不多處理完，可以閒了。

不知道為什麼會想告訴你這些。想來這幾年我們的聯繫並不多。不過我總記得我們是不錯的朋友，以前也和你說過不少話。

我最近可能會去一次澳洲。心裡有一些想法，但這次只是去旅遊。辦旅遊簽證好像需要填一個澳洲的聯繫人。不知道能不能填你的名字？如果你答應，我就不麻煩其它人了。

費珊

看了一下發件日期，是五天前。蘇舊心想還好收到了郵箱的通知，不然這麼重要的信他可能就這樣錯失了。

＊＊＊

後來蘇舊得知，陳怡老師原來是個自由派，大學時參加過六四的紀念活動。她一反當時高中的慣常，在班上搞投票選班委，也是因爲想實踐一下民主的思想。否則如此招人爭議、事端不斷、缺乏紀律性的穆尖，一個傳統的老師不可能認可他當兩年班長。

高三開學不久，同學們就紛紛議論這次選班委穆尖可能當不上班長。說不再投票給穆尖的人裡，一部分人是因爲楊歌的事，一部分人是說穆尖都當了兩年了，也該換個人了，還有一部分人是受到別的候選人的挑動。之前常常和穆尖走在一起的蔣方，今年也出來選班長。班會上候選人競選演講，蔣方煞有其事地說他會對班級認眞負責，不是當作遊戲。

穆尖沒參加競選活動。他有一次和蘇舊一起放學回家，在路上他向蘇舊吐露說：「這些同學都是忘恩負義的。我幹了兩年班長，投入那麼多心思，給他們紀律，給他們娛樂話題，激勵他們學習，逗他們開心，現在就因爲楊歌這一點事，他們就要拋棄我。媽的，這個班長我不幹了，誰想當誰去當。那個蔣方更可笑了，競選說的那些話都是我以前教他的，他的原創就是加上了批評我的話。我應該早點看出來這是個白眼狼。」

班委選舉的結果是秦香當了班長。穆尖雖然沒選上任何班委，但也說不上是身敗名裂。畢竟選班長的時候還是有十幾個人投票給他。雖然不像以前一樣被包圍在注目之中，穆尖周圍總還是能看到有兩、三個人跟隨著他，一直到畢業。

選舉的時候蘇舊也投票給了穆尖。他一直都覺得穆尖這樣的人應該做班長，如果能接受他那種飄忽不定的刺激，一個團體有這樣的領袖會很有意思。但蘇舊並沒有想作為一個個人和穆尖親近。他還是每天一個人上學放學，保持和一切人與事的距離。穆尖大概兩、三周一次會來找他一起放學回家，聊一些閒話，也許心裡有把他當成朋友。

那時穆尖改追那個叫徐小麗的女生，還是之前追楊歌的手法，動不動就過去和她說話，班上同學都看在眼裡。兩人似乎有了一點發展，有時上學時會一起出現在班門口。有一次穆尖自己告訴蘇舊，他和徐小麗有在約會，兩人去看電影滑旱冰什麼的。

「比料想的簡單，」穆尖笑說。「楊歌是先易後難，徐小麗可以算先難後易吧。」

但是快到放寒假時，兩人又不好了，穆尖對徐小麗冷淡起來，班上沒再看到兩人走在一起。穆尖還沒有對蘇舊說過什麼，但蘇舊可以猜到發生的事。

寒假裡穆尖來蘇舊家玩電腦。兩人依然圍坐在電腦前。玩了一盤什麼遊戲後，穆尖問蘇舊有沒有再玩《同級生》，蘇舊說沒有。穆尖從書包裡取出兩張紙，興奮地笑說：

「我研究攻略，研究出一種同時追四個女生的方法。給你看這份我寫的攻略，按這個攻略玩下去，可以在最後一天和四個女生同時達成有結局的條件。你要不要試試看？」

蘇舊看了一下那份密密麻麻地用藍色圓珠筆列在兩張稿紙上的攻略，每一行寫著什麼時間什麼地點會遇到什麼人。《同級生》這個遊戲就是找出和女生在時空上的接觸點，只要時空上的接觸點不重合，理論上來說完全可以同時追多個女生。穆尖是在遊戲裡找到了四個這樣的女生，整個故事在時空上沒有重合，可以見完一個去見另一個，同時發展四個人的故事。

蘇舊說他之後會自己試一下，然後邀請穆尖一起玩《文明》。打開來玩了幾回合後，穆尖表示不太喜歡這個遊戲，說節奏太慢。

玩到傍晚五六點，穆尖準備要走的時候，蘇舊決定還是想問一下徐小麗的事。聽蘇舊問起，穆尖露出不耐煩的神情說：

「沒發生什麼，沒有吵架，自然地就散了。」

沉默了片刻後又說：

「哲學家說，一個杯子裡有半杯水，悲觀的人看了會說只有半杯水，樂觀的人看了會說還有半杯水。如果你給我半杯水，我會很開心地喝下去，但如果你問我滿足了沒有，我會說你給我滿滿一杯水都是不夠的。喝完了一杯我會還要一杯。你明白我的意思嗎？」

蘇舊聽了點點頭，覺得是明白了。

那之後蘇舊忽然產生了一種臆想，他想離開老家，去一個很遠的地方生活。最好是這個國家南邊的邊境，天高皇帝遠，一年熾熱的天氣，每天獨自在棕櫚樹下乾燥而貧瘠的土地上坐著，看著海浪，吹著熱風。有了這個臆想之後，高考填大學志願時，他三個志願都填了廣州的大學。他沒去過廣州，不過中國的最南邊好像就是那裡。

進入高三下學期後，班上的氣氛變得緊張起來，閒聊說笑的聲音少了很多，每個人都帶著嚴肅的表情背著書，做著模擬題。穆尖周圍不像以前那樣圍著人，他也獨來獨往了一段時間，表面上看來應該是穆尖也需要時間一個人學習增長考試技術。但蘇舊覺得這和徐小麗的事不是完全沒有關係。

高三下學期的校運會，大部分同學都選擇了不參加比賽，高三的學生都是這樣的。但出人意料地，穆尖報名了三千米跑，比賽項目中最長最難的長跑。蘇舊還記得那個校運會最後一天的下午，市體育場裡到處是人影，都是穿著校服的學生。三千米跑開始時，他們班的同學都圍到跑道邊上，看穆尖的演出。大概有二十人參加了三千米跑，排列在起跑線前。信號槍一響，選手跑了出去，很快分出了先後，跑在最前面的就是穆尖。同學們都振奮地發出歡呼聲。但是這個領先只保持了兩圈。三千米跑在四百米的跑道上要跑七圈半，從第三圈開始，穆尖的速度明顯慢了下來，被後面的人超過。這也是自然的，穆尖雖然好像這一個月放學後有在操場上練跑步，但不可能突然就能勝過天天訓練將來準備考體校的校運隊的學生。而且長跑一開始就猛衝是最要不得的策略，一開始消耗體力太多，後面很難維持速度。跑到終點時穆尖的名次大概是倒數第二還是第三。

結果出來後，圍觀的同學們都回去看臺上的座位區，只有蘇舊拿了一瓶礦泉水去給穆尖。穆尖一頭大汗，大口喘著氣，接過水瓶，沒有看蘇舊，只是像自言自語般說著：

「我太弱了。他媽的，我太弱了。」

「不過一開始你確實領先了一段，」蘇舊擺出一個鼓勵的微笑。穆尖參加這個他不擅長的長跑其實還是想取悅同學，但除了蘇舊大概沒別人會這麼想。

高考結束，收到廣州一所大學的錄取通知書後，蘇舊告訴了兩個人。一個是穆尖。暑假穆尖來他家玩電腦，問起這件事，蘇舊就回答了他。

「廣州，感覺好遠啊，」穆尖說。

蘇舊問穆尖錄取的大學，穆尖說了一所北京的大學的名字。

「好男兒一定要去北京，」穆尖笑說。

「爲什麼？」蘇舊問。

「那是中國的中心啊，有抱負的人不去北京還能去哪？」

蘇舊不知該應什麼。

「那以後我們就一個在北，一個在南，隔著整個中國了，」穆尖笑了兩聲說。

穆尖說要送蘇舊一本書。第二天他從家裡拿過來給蘇舊，書名叫《人性的弱點》。

「別看書名很玄，裡面其實說的都是實用的技巧，」穆尖說。「大學在我想象裡就是一個小社會，和人交往肯定也要技巧的。這本書就像攻略一樣，教你怎麼控制人。」

「爲什麼要控制人？」蘇舊說。

「我是一定要有作爲的。要有作爲肯定要有一個組織。你在一個組織裡向頂端爬，要帶動一批人跟著你，就是要你控制人。你不會控制人怎麼讓他們聽你的？」穆尖說。他彷彿已對大學生活做了很多計劃。

蘇舊沒有回應。穆尖走了之後，蘇舊把那本書拿起來翻了幾頁就收到抽屜裡去了，去廣州時也沒有帶去。

如果要他自己告訴一個同學錄取的大學，蘇舊只能想到費珊，其它人都是無關緊要的。買了去廣州的火車票，離出發還有兩天，蘇舊打了電話叫費珊出來。還是他之前送費珊生日禮物的那個公園。八月的晴天，太陽很曬，蘇舊站在一棵榕樹下的樹蔭裡等著，看到費珊從小道一頭走過來。費珊穿著黑色短袖衫和露出兩條長腿的牛仔布短褲。
蘇舊說了錄取他的大學，還有兩天後出發去廣州的事。
「廣州很熱的，」費珊說。
「你去過？」
「沒有，就那麼一想。不是在南邊嗎？」費珊看向一邊，又說：「大概會有很多蚊子吧，多準備點萬金油。」
接著兩人沉默了大約有一分鐘。蘇舊看著明晃晃地被太陽照著的公園外的房屋的屋頂。他想等費珊說點什麼，但費珊不開口。他想了想，問了費珊錄取的學校。
「華大，」費珊回答。華大是本地人都知道的一所本地的大學。
「那不是離家很近？」蘇舊笑了一下說。
「不想去太遠的地方。」費珊說。
蘇舊想了一下說：「是因爲你喜歡的那個人？」
「嗯，想再等等看。」費珊說。
蘇舊心裡一驚。但他又不敢問這句話背後的意思。接著又是一兩分鐘的沉默。蘇舊覺得說不出什麼了，就和費珊道別。

「到了廣州，有空給我寫寫信吧，」轉身前費珊說。

「好啊。」蘇舊點點頭。

動身之前的前一天，蘇舊沒有什麼事幹，想起來之前穆尖給他的《同級生》攻略，就試著玩了玩。

攻略裡第一個登場的是個短髮女同學。寒假第一天，短髮女生來找純太要求請她吃冰淇淋。吃完以後短髮女生拿出兩張電影票，問純太要不要一起去看。他們看了一出恐怖電影。後來有一天純太在街上遇到另一個同學，從她那裡得知，短髮女生並不喜歡看恐怖電影，只是聽說純太喜歡看才選了這部電影。到了三日，發生了溫泉旅行的事件。純太約短髮女生去，短髮女生答應了。在溫泉旅館裡，純太選擇不去滑雪，和短髮女生兩人在房間裡，交換了一陣對話後就纏綿起來。這樣就滿足了到達短髮女生的結局的條件。

在這個故事的過程中，攻略又插入了另一個女生的故事。在請短髮女生吃冰淇淋之後，純太馬上去醫院，在那裡遇到了一個住院的女生。女生住在醫院二樓的病房裡。純太每天一次爬到樹上去和她說話，讓女生漸漸對他有了好感。除夕夜的時候，純太帶她到院子裡看雪。元旦這天純太來醫院，發現女生不見了。他去問醫生，醫生說她出院了。和短髮女孩溫泉旅行回來，第二天五日的一個時間，純太來到學校天台時，發現住院女生站在在那裡。兩人一番對話後，女生提出說想去純太家。純太就帶她回家。家裡沒人，女生來到純太房間，說想和純太親熱一番。然後就是親熱的場面。這樣滿足了到達住院女生的結局的條件。

在這兩個故事中，攻略又插入了另一個女生的故事。這個女生的特點是每天騎機車來上學。在找完住院女生之後，和短髮女生看電影之前的一天，純太來到機車店，遇到這個女生。機車女生其實正在爲畢業後的去向煩惱，她想繼承家裡的機車店，但她爸爸不肯。純太聽機車女生說了很多心事，博得了她的好感。和機車女生幾次相遇，正好都是在和住院女生和短髮女生的見面之外的時間。和短髮女生從溫泉旅行回來，在去學校屋頂見住院女生之前的一天晚上，機車女生叫純太去她家說有話說。純太去了，一陣對話後兩人纏綿了起來。這就滿足到達機車女生的結局的條件。

在這三人的故事之間，攻略又再插入一個女生的故事。純太他們班上有個小明星，是個高中生藝人。第一次見完住院女生之後，純太來到學校，看見小明星趴在桌位上睡著了。純太把自己的衣服披到她身上。和短髮女生看完電影，回到家裡，等小明星來找他。小明星來還衣服，在純太房間裡和他聊天。和短髮女生去溫泉旅行的前一天，純太來到海邊，小明星預定在這裡拍寫眞集。純太到的時候，現場很混亂，小明星不想拍寫眞集，躲在一塊石頭後面。純太帶她跑到學校躲起來。兩人在保健室纏綿了一番。第二天早上從學校出來後，純太馬上趕往車站，還可以和短髮女生去旅行。和機車女生纏綿後的那天晚上，純太回到家裡，接到小明星的電話，她提出要和純太正式交往。這就滿足到達了小明星的結局的條件。

原來穆尖喜歡的是這樣的世界，蘇舊心想。蘇舊關了電腦望向窗外，盯著對面住宅樓靜止的景物。執行攻略密集的行程讓他有點喘不過氣。他想，遊戲這樣玩還算挺有意思的。但要是在現實裡也這樣玩，很快就會被人追殺吧。

5

蘇舊國內的郵箱是從大學一直用到現在的。郵箱底下還能找出穆尖上大學時給他發的郵件。比如有一封是這樣寫的：

宿舍裡除了我以外的五個人，我把他們都看透了。都是些小人物。有一個農村來的，家裡貧窮到吃飯捨不得打肉菜。我家雖然不富，肉菜還是吃得起。也有城市來的小哥，只知道打遊戲，整天拿著個遊戲機在那嗶嗶嗶地玩。總之都是胸無大志的人。我很快會把他們踩在腳下。當然這些我不會說出來，他們不配知道我的抱負。只有在必要的時候我才會表現一下。

比如昨天學校辦舞會，我一早就看中一個女生，應該是我們系裡面最漂亮的吧。和楊歌的性質差不多。我過去邀她跳舞的時候，我們宿舍那個大個子男生也想向她邀舞，我就直接跟他說，這個女生已經有人了。他就走開了。竟然想和我搶妞，是早上忘了照鏡子了吧。

觀察了一個多月，我看出系裡大約有三個值得追的女生。還有我參加漫畫社認識的一個女生和偶然遇到的一個別的學校的女生。你可能覺得我的思路還是和高中一樣沒什麼長進，但是在大學裡又不同了。高中的時候同學都是本地人，大學裡面女同學來自全國各地，你想一下，如果有一天能說自己一個女朋友在江蘇，一個女朋友在遼寧，一個女朋友在雲南，好像全國都有自己的女朋友，那不是很刺激？

每次在機房查郵件，看完穆尖的信，蘇舊都不知道怎麼回信。有時他會過幾天再回，寫兩筆他自己的大學生活，有時就乾脆不回了。

廣州是一個大城市，和之前蘇舊想象的荒涼的南方邊境相去甚遠。出了校門，到處是高樓大廈，商場酒店，紅字的標語橫幅掛在這裡那裡，路上車來車往響著喇叭。學校裡倒還算清淨，至少路上沒什麼機動車，像個大公園般四處是綠地和植被，願意安靜讀個書可以找棵樹坐下。所以平時蘇舊很少踏出校門。

進大學時，蘇舊立定了主意，在大學裡只想專心學習，學好將來找工作能用上的專業技術，其它的事儘量不要參與。因此什麼俱樂部，什麼義工，什麼晚會，什麼競賽，包括同宿舍的人說週末一起去逛街，他都儘量避開不參加。宿舍裡包括蘇舊六個人，一起生活了兩、三個月，很快分出了誰是老大。有個小個子，姓曾，其貌不揚，但說話很正派，遇事很有決斷力，很快宿舍裡的事變成都要靠他來決定。蘇舊雖然習慣性地和人保持距離，包括這個老曾，但這個人好像對蘇舊並不反感，有時也會友好地叫他一起去吃飯或自習。

蘇舊高中時成績在班上是在中等，但可能因爲這所大學學生素質普遍不高，上學期期末考結果出來，蘇舊的成績在班上進了前五。班主任就挺在意他，來問他要不要做班長，要不要入黨什麼的。

「中國最優秀的人都在共產黨裡。像你這麼優秀的，應該和別的優秀的人在一起。」班主任是這麼勸說他的。

但蘇舊都拒絕了，他想一來這些和他畢業後想做的工作沒有關係，二來如果他做了班長，入了黨，他會很難再避開人混日子。最重要的是，他本來就很討厭組織、紀律、關係這些東西。

爲了讓老師不再注意他，他在考試的時候故意亂答一通，做壞自己的成績，把全部科目的成績都維持在剛過及格線。果然到了第二年、第三年就沒什麼人糾纏他了，放他獨來獨往。有了很多個人的時間後，蘇舊就把大量的時間花在學校機房裡，在那裡研究網路，編程序，爲了挑戰自己的技術破解通訊軟件的漏洞，入侵網上有漏洞的電腦。他常常翹了不感興趣的課，在機房裡一坐一整天。

他有時給費珊寫信，一次寫兩、三頁信紙，寫一些學校裡遇到的趣事。什麼樂隊來學校辦演出，什麼借書的新政策，什麼女生宿舍有男生進去的新聞之類。本來校園生活是枯燥無味的，但在給費珊寫信的時候，他意外發現還是有一些有趣的事可以寫。蘇舊差不多隔一個月給費珊寫一次信，寫了有五、六次，是寄到同學錄上記著的她家的地址。但他從來沒收到過費珊的回信。

大一寒假回老家，他沒有去見高中同學。春節時還是像以前一樣，和父親去拜訪親戚收紅包，其他時間自己在家玩電腦。大二寒假他本想還是這樣過，但初二還是初三那天，在家玩電腦時，接到一個電話，是高中的班長秦香打來的。秦香說她在整理他們班的通訊錄，如果蘇舊有手機的話把號碼告訴他。蘇舊正好剛買了一個手機，就告訴秦香號碼。秦香忽然說：

「你現在有沒有空？要不要出來喝個茶？」

蘇舊覺得也不好以要玩電腦爲理由拒絕她，便答應了。來到約定的咖啡廳見了秦香，兩人坐下各點了咖啡。兩人穿的便服都有點偏向成人的口味，和高中時不一樣了。到底是進了二十歲的人了。蘇舊發覺秦香改了髮型，高中時她是短髮的，這時她留長了頭髮，扎了一個馬尾。

「留長髮了？」蘇舊笑說。

「我男朋友喜歡長髮，我就留了。」

「短髮其實也挺好的。」

兩人各自說了一下上大學的經歷，蘇舊第一次聽說秦香和費珊上的是同一所大學。果然是本地的大學，班上有好幾個人都上了華大。

「你交女朋友了嗎？」秦香問。

「沒有。」蘇舊回答。

秦香忽然說：「你是不是還在喜歡費珊？」

蘇舊看著秦香不知這問題是怎麼來的，只等著她繼續說。

秦香接著說：「費珊跟我說有收到你的信。」停了一下又說：「費珊交了男朋友了，是我們大學裡一個學長。」

蘇舊想不到別的話說，只應說：「是嗎？」

「她說收到你的信都沒回過，覺得有點對不起你。」秦香說。

「那倒不必，我自願給她寫信，沒指望她會回覆。」蘇舊笑了一下，自覺這笑容有些勉強。

秦香說：「我印象裡蘇舊是個沉默寡言的人，但很有自己的想法。你喜歡費珊一定有很確切的理由。但是要追費珊很難，眞的。作爲同學，我還是想勸你去找個別人比較好。」

蘇舊沒有回答，等了等，把話題轉到電影上去了。和秦香喝完咖啡，他依然回家玩電腦。那天他在電腦上玩新出的《暗黑破壞神二》，感覺特別好玩。

隔了兩天，蘇舊手機上接到一個電話，是穆尖打來的。那時蘇舊的手機還沒接到過幾次電話。

「回來渝州怎麼不說一聲？」穆尖說。蘇舊彷彿看到了他的笑容。

穆尖約蘇舊晚上去酒吧，蘇舊答應了。那家酒吧開在華山路比較熱鬧的一段，蘇舊到那裡時，穆尖已經在門外面等了。一年多沒見過，兩人握了一下手，進去酒吧。酒吧裡燈光昏暗，十幾個座位坐滿了人，響著嘈雜的說話聲，空氣裡飄著濃郁的酒精味，背景裡放著一首曲調幽怨的英文慢歌。蘇舊是第一次進酒吧，穆尖看樣子也不是這種地方的常客，兩人的舉動都有些拘謹。坐下後服務生上來遞上一份酒單，穆尖看了一遍後，點了啤酒，蘇舊也點啤酒。

「這些人不知道都在喝什麼，不像是啤酒的樣子。」穆尖朝四周看。店裡的男女大部分看著都比他們年齡大許多。

忽然穆尖掏出手機，一個小巧的諾基亞，好像收到了短訊，對著屏幕看了幾秒鐘。然後他把屏幕對蘇舊亮了一下，上面一條短訊寫著「今天我的晚飯是泡麵，你吃了什麼？」

「一個女生，」穆尖笑說。

喝一杯啤酒的過程中，穆尖滔滔不絕地講他在北京的大學和女生交往的事。聽起來好像有三個主要人物。一個是同系的女生，長得不錯，經常穿一件紅衣，很招風。穆尖想追她，不時約她去玩，帶她在北京城裡逛，兩人發展到了上街時會牽手的程度。一個是別的學校的一個女生，好像是一個叫海淀走讀大學的學校的，有時過來他們學校的食堂吃飯，有一次來穆尖和她搭話，就認識上了。兩人時常用短訊聯繫。剛才的短訊就是她發的。此外穆尖在網上用即時通訊軟件找人聊天，也認識了幾個女網友，有一個在香港，還是個高中生，穆尖似乎想特別發展，有時在網吧和她聊天到半夜。

「我想了一下，一個學校裡同時追好幾個人也不太好，很容易撞車。還是校內一個，別校一個，外地再一個，能維持這樣就很不錯了。」穆尖總結般地說。

「你會不會去見那個香港女網友？」蘇舊想了想問說。

「感覺有點麻煩，話說香港是外國吧？要去是不是還要辦護照？而且對方是高中生，可能還是未成年。沒關係，先培養一下，也許再過兩年有見她的機會。」

「那那時學校裡的這個怎麼辦？」

「兩年後的事誰會知道？不要替我擔心，說不定我發現新的目標，就把這些人全忘了。」

穆尖說女生的事的時候，蘇舊饒有興趣地聽著，他雖然沒有穆尖這樣同時追幾個女生的慾望，但他覺得穆尖說的東西很有趣。他覺得很少人能像穆尖這樣平實地說出心裡的隱祕的想法，包括那些平常人看來應該是難以啟齒的污穢。說這些的時候穆尖在他看來幾近於癲狂。

忽然間穆尖收起笑容，換上一種他少有的陰鬱的口氣說：

「別看我好像很快活，其實我去年被人整了，我都沒和人說過。」

蘇舊愣了愣，說：「怎麼了？」

穆尖又喝了一口酒，停了一停，把這事說了出來。大致是這樣的，從大一下學期開始，穆尖就一直積極地想進學生會。他覺得自己文筆還可以，就進了宣傳部，幫他們寫文章。五四之前，宣傳部的部長，一個姓趙的大三的學長，叫他寫一篇紀念五四的宣傳稿，示意說可以提一下六四的事。穆尖對六四知道得不多，特別去上網搜了一些資料來看。就是知道六四在公共領域好像是個禁忌。穆尖想學生會宣傳部長叫他提一下六四，該不是新的總書記要上任，上面的風向變了，開放起來了吧。他就在文章裡提了六四，說爲自由誠可貴什麼的，把這篇文章交給校刊。校刊一開始也登出來了。結果樣本送到黨支部，書記看到他這篇文章，直接叫他和那個趙學長過去和他談話。穆尖說是趙學長示意他寫的。沒想到趙學長完全不認，說和六四有關的是穆尖擅自寫的，他完全不知情。穆尖當然也沒有保存趙學長示意他的證據。最後那篇文章被撤掉，穆尖被禁止給校刊寫文章一學期。趙學長一點事也沒有。

「後來我想，」穆尖繼續說，「趙學長可能是早知道六四不能寫，故意讓我寫，要我捅婁子。就是看我平時比較招風，有一些人跟著，就設計了這個圈套來整我。他媽的，有了這樣一筆帳，以後如果想入黨，想在學生會當高層，都會很麻煩了。」

蘇舊聽了，沒想到什麼能說的，只是敬他喝完杯裡的酒。

「所以你在廣州那所大學混得還好吧？」走出酒吧，道別前，穆尖忽然想到似地說。

「還行。我沒參加社團學生會，無聊時就打打遊戲，」蘇舊回答。

「那挺好的。」穆尖點了點頭，轉身走了。

大二的下學期，蘇舊呆在機房的時間比以前又更多了。他好像對機房的金屬味和換氣扇旋轉發出的低鳴聲上了癮。他更加不愛和人說話，即使同宿舍的人他一天也說不上幾句話。除了去食堂吃飯，還有要點名的課去出席一下，別的時候他一有空就往機房跑。蘇舊這時入侵電腦的技術又更上了一層，網上的大部分伺服器，即使看上去防範得很好，他也總有辦法找到漏洞破解進去。

這天他在機房入神地試探著網上找到的電腦時，忽然一個聲音從後面對他說：「你在幹嘛？」

蘇舊回頭一看，是教網路課的姜老師。如果是姜老師的話，憑看這時蘇舊面前的電腦上顯示的東西，應該已經知道了他在做的事。蘇舊也沒回答，關掉了電腦，一聲不吭地從機房走了出去。

過了兩天上網絡課，在大教室裡上了一節課下來，下課時姜老師點了蘇舊的名說：「蘇舊，你到我辦公室來一下。」

蘇舊有點不大情願，但這一回談話怕是免不了的了，他只好硬著頭皮來到辦公樓，進了姜老師的辦公室。姜老師的辦公室在一樓，窗外對著院子的草地，這時是深秋時分，草叢間已經能看到清冷的褐色。

姜老師坐在辦公桌後，見蘇舊進來，就讓他在一邊的椅子上坐下。

「我看了一下你的成績，還挺有意思的。大一進來上學期你的成績很不錯，下學期忽然就掉到及格線附近，是怎麼回事？」姜老師緩緩說，並沒有責備的口氣。

「可能花了太多時間在打遊戲上吧，」蘇舊回答。

姜老師說：「今天這個談話目的不是要決定給你什麼處罰。如果我想讓你受處罰，我早就把你的事告訴你們班主任了。只是純粹出於探討技術的角度，我想聽你跟我說說你在做的事。」

雖然很少跟人說他的駭客經歷，蘇舊其實也不想隱瞞什麼，就把他入侵伺服器，破解通訊軟件的方法都和姜老師說了。姜老師聽得很入神，對不明白的地方還會問個詳細。

說完以後，姜老師沉默了大約十秒鐘，說：「這樣聽起來你對網絡通信協議，操作系統，通信軟件都有很深的理解了，是這樣嗎？」

「我自我感覺還行，」蘇舊回答。

姜老師說：「你面前有兩條路。一條是繼續做你現在做的事，你的技巧會越來越高，破解的目標會越來越有難度，你會很有成就感。但是總有一天你會栽掉。有一天你會因爲一個小失誤被人抓到把柄，警察會上門來找你，你會被起訴，會坐牢。不需要問會不會發生，這肯定只是一個時間的問題。另一條路是停止你現在做的事，以你掌握的這些知識，你可以做很多對社會有益的事，你可能會覺得沒什麼成就感，但你卻可以保住小命，不用去坐牢，甚至還可以有一個多少讓人尊敬的人生。我今天就是想把這兩條路點出來，要怎麼走，是你自己的決定。不過我當然是更希望你加入好人的一方。」

蘇舊坐在那裡想了一會兒。其實他自己也知道他玩的這些入侵破解的東西是玩不長的，特別是大學已經過半，將來怎麼把他駭客的經驗用在找工作上，他也在迷惑。這時聽姜老師這麼講，蘇舊便問：「如果我想做好人，我的這些知識有什麼用呢？」

姜老師說：「第一步，你要把你知道的講出來給人聽，不能瞞著。」停頓了一下又說：「這樣吧，這學期的網絡課的最後一堂課，我開一個特別的題目，講網絡安全，由你來主講。你覺得如何？」

蘇舊笑了一下說：「我講得了嗎？」

「我聽你剛才跟我說的那些，我相信要是讓你來講一講如何安全地選密碼，使用通信軟件，設置服務器，你的知識完全夠了。」姜老師露出一個微笑。

於是蘇舊就按姜老師說的，準備了一堂網路安全的課。他對自己做過的什麼也沒說，只是說一個駭客可能這樣這樣做，然後防範的方法是這樣這樣。講了這堂課後，有些人就記住了他，在路上遇到時會叫他名字和他打招呼，但他不認識那些人，也使沒回應。有一次還有一個同一系的學生找上他們宿舍來，想和他討論網路安全問題。蘇舊對於技術上的問題都對他解釋了，至於那個學生暗示想知道的，他入侵過多少臺電腦什麼的，他一概不回答。蘇舊意外地發現，雖然他對出名或者交朋友都沒什麼興趣，和人討論技術問題他感覺還是很有意思的。而且他忽然有了信心，畢業後可以在一家大公司做網路管理員。本來他沒有這麼清晰的想法，在講完那堂課後，這個目標忽然就明確起來。

6

大三的寒假廣州忽然爆發了傳染病。蘇舊的室友一放假就都早早回老家避難了，只有蘇舊不想回去，想呆在廣州打零工。但那段時間整個城市人心惶惶的，他也找不到什麼零工可以打，於是每天只是在只有他一個人的宿舍裡打遊戲消磨時間。

這天下午他在宿舍正玩著遊戲，忽然手機鈴聲響起來。他一接，電話裡傳出的是一個他熟識但很久沒聽到過的女性的聲音，說：「蘇舊，我是費珊，我找秦香要到你的電話。」

蘇舊愣了幾秒鐘才回過神來，應說：「哦，你好嗎？」

「我挺好的。你是不是在廣州沒回老家？」費珊說。

「是啊。」

「我過幾天想去廣州玩一下，到時過去看看你吧。」

蘇舊想了一下說：「現在廣州在流行肺炎，很危險。」

「我看新聞了，感覺也沒那麼可怕。你不歡迎我去找你？」

「那倒沒有。你要來找我我是一定歡迎的。」

「那就這麼說定了。」

「如果你訂了火車票，把時間班次告訴我，我去車站接你。」

「好。」

接完電話，蘇舊到學校操場上去走了兩圈。他不知道費珊這次來找他意味著什麼。兩天後蘇舊收到費珊發給他的火車的日期和班次的短訊。蘇舊打電話到信息臺問了這班車的到達時間，記在日誌上。到了這天，時間差不多了，蘇舊就來到火車站等費珊。

火車晚點了十分鐘左右，蘇舊在出站口附近等著，從出站的人群中認出了費珊。費珊穿著一件黑色的羽絨服，背著個小包，手上拉著一個有滾輪的行李箱。她髮型變了，不再是馬尾，而是留了披肩髮。見到蘇舊朝她招手，費珊就走到蘇舊前面，笑說：「你看起來一點沒變。」

「我們不過兩、三年沒見而已，」蘇舊笑了一下說。

「兩、三年你不覺得是很長的時間嗎？」沒等蘇舊回答，她轉頭看了看周圍，說：「廣州眞熱。」

「是的，這裡冬天的平均氣溫比渝州高五度。」

費珊看向蘇舊說：「所以我們現在去哪？」

蘇舊瞄了一眼費珊的行李箱，說：「要不先去你訂的酒店，把行李放一下？」

「我沒訂酒店。」費珊等了兩秒鐘又說，「我只想著先來了再說，其他都沒考慮。現在臨時訂一間酒店訂得到吧？」

蘇舊轉頭看了看周圍，說：「那車站附近的這些酒店你覺得可以嗎？」

「可以啊。」

兩人就朝視野裡招牌最明顯的一家酒店走過去。因爲傳染病的緣故，街上的行人比平時少了很多，在冬日的陽光下有一種冷清的感覺。進了酒店，來到前臺，蘇舊說訂房間，服務員說身分證看一下，費珊就把身分證拿出來遞過去。服務員看了看說：「不好意思，我們酒店現在不能接受外地客人入住。」

「爲什麼呀？」費珊問。

「上星期下來的指示，是作爲對抗這次肺炎的措施。」

蘇舊問說：「那其他酒店也是這樣嗎？」

「我估計廣州市區的酒店都一樣，你們不妨去試一下。」

從這家酒店出來，兩人又試了三家酒店，果然得到一樣的反應。

走到大街上，費珊說：「我還眞沒料到這種情況。你有什麼辦法嗎？我可不想睡大街上。」

蘇舊想了一下說：「我們宿舍現在只有我一個人，要是眞沒辦法，你可以在那裡過夜，當然前提是你不介意在男生宿舍過夜。」

「你確定你們學校女生可以在男生宿舍過夜？」

「規定是不可以的，不過現在放假也沒人管。你在我宿舍住一晚沒人會感到困擾。」

「好啊，那就去你宿舍。」費珊一笑。

蘇舊想費珊拉著行李箱坐公交不方便，就攔了一輛計程車，讓司機開到學校。進了校園，從沒什麼人的步道上走過，進了宿舍樓，來到蘇舊他們那間房間。費珊看了看說和華大的宿舍也差不多。蘇舊這間宿舍迎門對著窗戶，窗戶右邊一張床，左邊兩張床，一張挨著窗戶，一張接在前一張後面，都是上下鋪的床，所以一共有六個床位。蘇舊的室友雖然都回家了，但他們留下不少雜物在宿舍裡，床頭的架子擺著水杯牙刷，床鋪底下擺著拖鞋保溫瓶什麼的。

蘇舊指了一下窗戶左邊靠窗的床的下鋪說：「這是我的床位。其他的床位你隨便挑一張吧，反正都沒人。」

「要我睡不認識的人睡過的床我還是有點抗拒的，」費珊說。

「那你睡我的床位，我睡別人的。」

費珊停頓了兩秒鐘說：「好啊。」便過去坐在蘇舊的床位上，打開行李箱，拿出兩包東西遞給蘇舊，是兩包水果幹，說：「老家的特產，估計廣州買不到。」

蘇舊應了聲謝謝。費珊一邊從背包裡拿出一個不知裝什麼的小包放在床上，一邊說：「那就麻煩你帶我出去轉轉吧。不用去很遠的地方，附近的什麼公園就行。」

蘇舊帶費珊到學校附近的一個名人紀念館看了看，然後到江邊上的一個公園走了走。費珊顯得有些心不在焉的樣子，蘇舊給她介紹眼前的景物的故事她都顯得不是很感興趣。一起走著的時候她對蘇舊說她自己的事，說她大學裡的經歷，比如說有個話劇部的男生，她從學校的小樹林經過的時候常常看見他在和自己說話，很有意思。又說她想向那個男生搭訕，但又不知道怎麼開口。

蘇舊想起之前秦香的話，問說：「聽秦香說你交了男朋友了？」

費珊沒表情地嗯了一聲，停了一下又說：「已經分了。」她看到路邊有個賣冷飲冰淇淋的小屋，便一笑說：「還記得那年寒假我們在街上吃冰淇淋吧？」

「記得啊。」蘇舊說。

「我們再吃一次吧。」

「好啊，但這回我請你，」蘇舊說。他買了兩個冰淇淋，兩人拿著坐在公園便道的石椅上吃。

「所以是這樣的，」費珊繼續說，「那個男生比我大一歲，但性格很幼稚，我在心裡都把他當作弟弟看。其實我都不知道圖他什麼，可能就是他長得有點帥。我和他的觀點經常不一樣，但我都讓著他，他說好就好。但是之前去他家發生了我忍不了的事。我到了他家都儘量乖乖的，但他媽媽不知爲何看我不順眼，因爲一點小事就在那裡刁難我，這時他不但不幫我說話，還幫他媽媽一起說我。那之後我就覺得和他是沒什麼未來的。所以就分了。也沒什麼可惜的。」

蘇舊等了一會兒後說：「高中時你說的那個喜歡的人，後來有什麼發展嗎？」

「哦，那個人，」費珊看向前方說，「也沒什麼發展，我放棄了。」

「爲什麼？」蘇舊說。

「可能自己沒勇氣吧。去年三月的時候，他去蘇州出差，要一個人在那裡呆幾天。他給我打電話，問我要不要去蘇州找他。我想了很久，最後還是不敢答應他。雖然是從小喜歡的人，但要爲他破壞一個家庭，我還是幹不出來。」

晚上他們在學校旁邊一家小菜館吃了飯，在夜裡的校園散了散步，然後到一家小超市買了一些零食和一副撲克。晚上他們在宿舍也沒事幹，打撲克打到快熄燈的時間，然後去洗漱。衛生間是一層男生共用的，男生宿舍這一層還有三、四個別的男生沒回家，有時蘇舊還會在走廊上遇到他們。所以去上廁所的時候，蘇舊看準裡面沒人，帶費珊進去，費珊用隔間的時候蘇舊就在外面幫她把著門。睡覺時兩人按白天說的，費珊睡蘇舊床上，蘇舊睡窗戶另一邊的床，另一個室友的床位。熄燈之前兩人就各自躺到床上，也沒再多說話，睡了過去。

第二天天亮時蘇舊醒過來，他發現自己睡的不是自己的床，一會兒才反應過來費珊住在他宿舍裡。他拉開被子，走過去坐在費珊的床邊，對著費珊熟睡的臉凝視了一會兒。他還是覺得這一刻費珊睡在他面前，睡在他平時睡的床上是一件不可思議的事，他想仔細看清楚這個畫面。費珊閉著眼睛一動不動，枕頭上的黑髮散亂，脖子以下蓋在他的藍花紋被子下面。這場景像是什麼童話故事的一幕。

費珊被窗外的陽光照到，醒過來，睜開眼見到蘇舊，揉了揉眼睛，一邊說：「早啊，蘇舊。」

「早餐要吃什麼？」蘇舊說。

「有什麼可選的？」

「牛奶、豆漿、油條、雞蛋、麵包。」

「那就給我來豆漿油條吧。」

「那你在這裡等我十五分鐘。」

費珊嗯地點點頭，蘇舊就穿上外套，到校門口的小攤去買早餐。買回來的時候，費珊正坐在床上，對著蘇舊的鏡子扎辮子。看來她今天想扎兩束麻花辮。見到蘇舊進來，費珊沖他一笑說：「我上過廁所了。剛才進去瞄了一眼，看沒人我就進去用了。這個每次上廁所還要讓你帶進去是有點麻煩。」

「哦。」蘇舊應了一聲，把早餐放在桌上。

蘇舊不知道費珊想什麼時候走，他也沒有想問，只是在心裡做好了不管多久，她在一天就陪她一天的準備。費珊不知是不是感應到的蘇舊的想法，她也一直沒告訴蘇舊她要什麼時候走。每天蘇舊都會想，今天費珊會不會提出來要回去，但每天費珊都沒有提。結果費珊在蘇舊的宿舍住了一個星期，一直到過了元宵節。開始的兩、三天蘇舊還帶費珊出去看景點，逛美術館什麼的，但見費珊興趣不大的樣子，也不安排這些了。兩人到賣盜版光碟的地方買了一些動畫片的光碟，《灌籃高手》《幽遊白書》什麼的，每天在宿舍裡看。到吃飯的時候蘇舊就到外面去買外賣回來，和費珊在宿舍裡吃，費珊幾乎都不再出宿舍的門了。

那幾天蘇舊和費珊說了很多話，有心無心地說著，大部分的話後來蘇舊都想不起來了。只記得是第四天還是第五天的晚上，已經熄燈之後，兩人各自躺在床上，看著從窗外照在天花板上的燈光，談起高中同學。他們提到穆尖，蘇舊問費珊覺得穆尖是怎麼樣的人。

「雖然大家選他做班長，我始終覺得他怪怪的，神經兮兮的好像有點不正常，」費珊回答。又反問蘇舊：「你覺得他怎樣？」

「我不討厭他，」蘇舊說。「他的舉動有時看起來難以理喻，但我不知怎麼感覺可以理解，好像我和他有一個什麼共同的祕密似的。」

「我是聽秦香說的，穆尖有一次對她說，高中班上大概只有蘇舊一人可以算得上是他的朋友。」

「他說過這種話？」蘇舊不相信地笑了一下。

「秦香說的。我不知道那種人要怎麼去理解，我就是感覺他好像自我感覺很好，以爲全世界的女生都喜歡他一樣，但我覺得只有有病的女生才會喜歡他。」

費珊忽然說她將來想當老師。費珊說：「可能我從小到大見過太多不知道怎麼對待女生的男生了，如果讓我做一個小學的班主任，我一定會讓班上的那些小男生知道與女生該怎麼相處，我會把這個觀念深深敲打到他們心裡，讓他們永遠忘不了。」

「爲何不是初中？對異性的意識一般是從初中才開始的吧？」

「不行，到了初中，他們的性格已經成型，很難再改了。而且以我這體格，和初中的男生要打起來，我未必有優勢。」停了停又問：「你將來想做什麼？你父母有沒有說過希望你將來是一個什麼樣的人？」

蘇舊想了想說：「我有個表哥，比我大三歲，小時候我爸常常要我以他爲榜樣，學習他，因爲他很優秀，學習成績很好，人品也很正派，經常幫助人。其實要我學他是可以學的，我如果認眞學習，成績未必會比他差。我也可以去幫助人。但我就是不想學他，也不想認眞學習，也不想幫助人。有一天我忽然明白過來，這個人存在的意義不是讓我學他，而是告訴我什麼不是他。在不是他的裡面才有我。本來我也不知道我是什麼，但是他在那裡，朝他過去我就不再是我，反而如果反過來，朝相反的方向走，我就能找到我。我差不多是初中的時候悟到這一點，那之後我對世界，對世界上各種人的看法完全變了。」

「所以你爸爸要你學一個榜樣，你不但不學，還故意堅持和他不一樣的地方？」費珊笑了兩聲。

「差不多。我可以理解爲什麼親戚喜歡這個表哥，他們說他好的地方我也都認同，我是覺得他是很好的一個人。但我並不想成爲他。成爲他就沒有我了。我現在努力生活的一個目標，就是證明這世上也有我這樣的人生存的空間。」

費珊停頓了片刻說：「這也夠爲難你的了。」

兩人在黑暗裡沉默一、兩分鐘，蘇舊本以爲費珊已經睡過去了，忽然又聽到她說：「那幾天看到新聞上說廣州爆發致死的肺炎，又從秦香那裡聽說你寒假會留在廣州不回去，我不知怎麼就特別想來廣州看你。不知是不是想如果你中了這絕症，一定要在你死前再看你一眼。」

蘇舊聽了笑了一聲，應說：「那挺遺憾，我暫時還不打算死。」

之前出去的時候看到街邊貼著關於元宵節燈會的海報，到了元宵節這天，兩人就出去看燈。燈會的主會場在一個公園裡，但公園兩邊的街道都挂了燈。本來應該是人潮湧動的街道，大概因爲傳染病的緣故只稀稀疏疏走著一些人。兩人跟著前面的人慢慢走著，對燈籠一個個欣賞過去。雖然也有藍的綠的，這些燈的主色調還是紅色。在寒冷的夜裡，懸在冷清的幾個人影上方，這些紅豔豔的燈籠彷彿隱藏著什麼危險的力量。

走到一個路口，有一個賣小燈籠的小攤，蘇舊買了一個給費珊提著。費珊挺高興的樣子。旁邊有個銀行，關著的玻璃門可以當作鏡子，費珊提著燈籠在那玻璃門前站了一會兒，笑說：「這時要是有個相機把我的樣子拍下來就好了。」

「你這一刻的樣子會一直存在我心裡，」蘇舊說。

「眞的？」費珊笑了一聲說。

這晚兩人都沒什麼話，默默地走了很久，回到宿舍洗漱後還是各自上床睡覺。

蘇舊快要睡著時，忽然聽費珊說：「你有沒有覺得今晚特別冷？我感覺我的手好冰。」說著從被窩下伸出一隻手來。蘇舊愣了愣，從床上爬起來，走過去坐在費珊床邊，握住她的手。握了一會兒，蘇舊問：「好點了嗎？」

「還是冷。要不今晚你也睡這邊吧，兩個人會比較暖。」費珊說。

蘇舊聽了就拉開被子躺在費珊旁邊。那是一張很窄的單人床，兩人只能以抱著的姿勢 起躺在床上。兩人下半身都只穿著底褲，沒穿睡褲，糾纏在一起的四條腿皮膚貼著皮膚。

大概有十分鍾蘇舊都沒動，也沒說話。就聽費珊說：「你就想這樣一晚上硬著？」

「那要怎麼樣？」蘇舊問說。

「你不知道？」費珊問。

蘇舊聽了涌起一陣從未有過的衝動，手往費珊衣服下伸進去。兩人把剩下的衣服脫光了，下體連成了一體。經過一段激烈的運動後，蘇舊在費珊身上傾瀉了他的體液。那一刻他只覺得有一種溫暖祥和的氣息圍繞著他。停了片刻後，蘇舊聽見費珊幽幽的聲音說：

「滿足了？」

「滿足了，」蘇舊回答，意識已有些模糊。

第二天是蘇舊先醒來，但他起床的動作也弄醒了費珊。蘇舊還是問她早餐吃什麼，問過之後就穿了衣褲出去買。接著一起吃早餐的時候，費珊提出她要回家了。

「一星期沒洗澡，我怕身上都臭了，」費珊說。

「不會啊，」蘇舊應說。

費珊笑了兩聲，說：「現在你倒是有發言權了。」

費珊收拾了行李，蘇舊送她去火車站。從學校搭計程車來到火車站，買了票後，蘇舊又在候車廳和她一起等到進站的時間。候車廳裡一排排座椅這時坐了大約半滿，坐著的人面前放著各式旅行包行李箱。坐在椅子上等著的時候費珊試圖拉起一些零碎的話題，但蘇舊沒怎麼應，一會兒後兩人就沉默起來。到了時間，兩人一前一後走到檢票口時，走在前面的費珊一手拉著行李箱，轉頭看蘇舊。那一刻蘇舊想說「再見」兩個字，但喉嚨卡著發不出聲。卻見費珊踏了一步過來，伸出雙臂抱住他。幾秒鐘後，費珊鬆開手臂，轉身拉著行李箱進了站，沒再回頭。

7

蘇舊搖了搖手中的啤酒罐，第三罐啤酒已經喝完了。對著院子的海面仍是漆黑一片。他走回房間，回到電腦桌前坐下，看桌上的鬧鐘，剛過午夜兩點。

蘇舊打開郵箱，開始給費珊寫一封回信。內容不長，就是按費珊的信裡問的，把他在澳洲的聯繫方法寫給她。接著說了一下澳洲的天氣，又寫了幾句他平日的生活，上班和回家做飯什麼的。讓費珊看得出他還是單身。最後說定了來澳的行程之後務必和他聯繫。

第二天蘇舊照常去上班。依然每天處理公司網路的問題，修復出故障的路由器，檢查員工郵箱的安全性，回覆員工關於網路的投訴，和技術官開會討論網路硬體的升級。晚上就在家打《文明》。

這樣過了兩週後，蘇舊又收到了費珊的郵件。費珊說她申請的澳洲旅遊簽證已經批下來了，她也定了機票，會在十一月初時來澳洲。又問蘇舊需不需要她從老家給他帶什麼東西。

「我到了澳洲，如果你也方便，我們見一下吧。」郵件最後寫到。

＊＊＊

那年寒假費珊走後，蘇舊感覺心裡漸漸出現了一個黑洞。本來那幾天因為近距離看著費珊，他胸口逐漸形成一塊緊密的物質，壓迫他又讓他有一種實質感，好像他終於活出了理想的樣子。但費珊走了之後，那塊地方像失去骨架的朽壞建築般，自行地坍塌瓦解，留下一個黑洞。因為這個黑洞，他眼前的一切事物彷彿都沉浸在虛無中。

以前興致勃勃地玩的電腦遊戲，看的科技類的雜誌，這時好像都失去了樂趣。而且沒有費珊在的宿舍這時幾乎是不可忍受的，所以蘇舊在宿舍裡也坐不住。兩、三天時間裡，他一整天坐在學校大操場的觀眾席上，面對著空曠的田徑跑道，有時有幾個學生來跑步，他就看著他們。因為吃飯時感覺不到味道，他去食堂吃飯時乾脆不點菜，只為攝取維生必要的營養喝兩碗米粥。他想，原來古人說食不知味是這種感覺。

大三下學期開學，宿舍裡的室友都回來了。他們很快從同一層的其他男生那裡聽說了寒假有個女生住在他們房間的事，過來問蘇舊。蘇舊含糊地敷衍過去，說是一個朋友，他們取笑了幾回也就不再提了。然後他們說話的內容慢慢變成了食堂的飯菜、作業、考試、實習，費珊曾住在這宿舍的事就這樣成了過去。

大約一個月時間蘇舊沒接到費珊的電話或是短信，日常生活便開始恢復現實感。沒有費珊的世界是不變的現實，他無可避免地還要繼續在這個現實裡吃喝睡，消磨時間。

三月裡的一天，蘇舊收到一封費珊寄來的信。那天吃過晚飯，蘇舊躺在宿舍床上翻著一本雜誌，就聽喇叭裡宿舍管理員的聲音響起來，叫他去管理員室拿信。蘇舊穿了衣服下樓收信，從管理員手裡接過來，是一個白色的信封，寄件人清楚地寫著「費珊」。

蘇舊想了一下，拿著這封信出了門，來到大操場上。七、八點的時候大操場邊上通常亮著幾盞強光燈，他走到其中一盞燈下面的空地，確認了一下周圍沒有人，就把信封拆開，拿出裡面的信來讀。只有一頁信紙，白色的，上面用藍色圓珠筆寫了這樣的內容：

蘇舊：

展信佳。

從廣州回到渝州後一直想給你寫封信，但始終不知該怎麼起筆。

昨天我分了手的男友來找我，想和我和好。我們爭論了一晚上，想分辨出彼此的對錯。我有點心虛，你知道的。最後我們決定再處處看。畢竟是喜歡過的人，還是有點捨不得。

我可能利用了你。那時去廣州找你，一部分的動機可能只是想逃避眼前的現實。和你在廣州的那幾天感覺特別好，回到渝州後心裡又難受了很久，覺得很對不起你。不知道為什麼我們竟然不是戀人。

那晚的事你不要想太多。回到渝州後過了一星期，我的月經正常來了。

祝你平安。

費珊

讀完信後，蘇舊到大操場一側找了張石椅坐下，藉著周圍樓房微弱的光亮看著在操場上跑步的人。可能坐了三小時還是四小時，回到宿舍的時候已經熄燈了。

四月的時候蘇舊收到一封穆尖寫給他的郵件。主要的內容還是他追女生的事。信一開始先說他退出了學生會，因爲和學生會長不合。

「退出學生會之後很閒，有很多時間可以花在追女生的偉大事業上。之前說的那個朱莉，本來感覺和她已經挺接近的了，但她知道了我同時在追另一個女生時，忽然就對我冷淡起來。但我想這些都是藉口。進入大三後我感覺追女生的難度明顯增加了。因爲進入大三後她們忽然都變得現實起來。和她們說話時，她們要麼說自己的工作，要麼說我應該做的工作，什麼都是工作工作。我不想說這種事，說些嘻嘻哈哈好玩的話題不行嗎？可能我還是該在新生裡找目標。」

下面說了一段他在大一新生裡發現的人選，描述他怎麼向她們搭話，怎麼要到電話號碼。最後一段他提起《同級生》。

「前幾天沒事的時候我又研究了一下攻略。之前給你看過同時追四個人的攻略，但又研究了一遍後我發現其實可以同時追五個人。我把攻略寫下來，你有空可以自己試試。」

郵件附件裡有一個文字檔，打開來裡面是攻略樣子的記敘。

蘇舊覺得這封郵件來得十分及時，把他從因爲費珊而沉浸在黑暗中的心情拉了起來。蘇舊在網上找到了《同級生》的下載，裝到他的筆記本電腦上，找了一個自習室坐下，對著那份攻略玩了起來。

這次的攻略把之前的短髮女生換掉，因爲去溫泉旅行太花時間。空出來的時間裡，攻略加入了兩個新人。一個是個戴眼鏡的女生。一開始這個女生喜歡另一個男生，她在學校花園裡對這個男生表白的一幕被純太撞到。那個男生以不喜歡難看的女生爲理由拒絕了她。其實這個女生摘下眼鏡後很漂亮。純太之後乘著和機車女生，小明星，住院女生見面之間的空隙，又好幾次在街上撞到這個女生。最後純太發現這個女生原來有在便利店打工，那個他注意了很久的漂亮店員就是摘下眼鏡後的她。解開這個迷後兩人心意相通，達到了美好的結局。

然後攻略插入了第五個女生，是一個保育員阿姨。保育員阿姨白天在幼兒園上班，純太都是在晚上見她，正好和其它女生的時間錯開。攻略的要點在於要在二十三日晚上來幼兒園前面，這樣可以救下一個要發生車禍的小孩，和這個保育員阿姨認識。接著要在平安夜來到幼兒園，和保育員阿姨一起和一個小孩過一晚。這兩件事情發生後，保育員阿姨和純太就成了好朋友，把一些煩惱都和他說了，包括最近被人跟蹤的事。純太聽了就要幫保育員阿姨的忙，在那個跟蹤者出現的時候把他教訓了一頓。這件事過後，保育員阿姨對純太愈加有好感，在住院女生找完純太的第二天，她也來純太家找他，和他在房間裡親熱了一回，達到了結局條件。

完成了兩週裡同時追五個女生的密集行程之後，關掉遊戲，蘇舊感覺終於可以回到現實裡了。

五月的時候學校辦了一個招聘會，讓一些公司進來擺攤子拉人。蘇舊跟著室友們一起進去，在會場打聽了一圈，意外地發現他們專業的工作工資相當高。有些互聯網大企業，什麼網易、騰訊、華爲，開出普通白領幾倍的工資招程式員，不知是要幹什麼。還聽到有人說，「接下來十年中國的熱錢都會在互聯網企業上」「我們很快就會是中國的微軟」什麼的。蘇舊之前一直想找的，網管的工作，倒是沒怎麼見到在招人。但是在招聘會現場轉著的過程中，他產生了一個新主意。他想在高薪的崗位上做幾年，存一筆錢，然後去一個很遠的地方。去外國。

這樣想了之後，他就在那裡記下開出高工資的公司，隔了一天，按記下的聯繫方法往這幾家公司投了簡歷。兩星期後他收到一家公司讓他暑假去實習的邀請。

於是大三的暑假蘇舊也沒回老家，每天穿著襯衫西褲拎著公文包去公司上班。那家公司的總部就在廣州，蘇舊從學校騎自行車就可以上班，每天他八點出發，下班在外面吃了飯，回到宿舍時也八九點了。這樣每天忙碌著，暑假忽地就過去了一半。

七月底八月初的一天，蘇舊接到一個電話，是他父親打給他的。

「你媽媽前兩天有和我聯繫，」他父親說，「她說她現在在新加坡生活得比較安定，如果你放假了可以去看她。我跟她說你暑假有實習，不一定有空。」

蘇舊聽了愣了幾秒鐘。他母親是他九歲時去了新加坡，從那以來雖然偶爾有寄信來，但是沒有再和蘇舊見過面，因而蘇舊對她的長相只有小時候一個模糊的印象。等了一會兒聽蘇舊沒說話，他父親又說：「我知道你可能情緒上有抵觸。你從小性格有些孤僻，可能沒有母親照顧你是一個原因。但畢竟那是你媽媽，血緣上和你最親近的人。要是你能空出幾天來，我想你去一趟新加坡見見她也好，我給你出機票。」

「可以啊，」蘇舊回答。「雖然我從小就沒見過她，可能見了也不知道要說什麼。」

辦了護照簽證，八月的最後一週，蘇舊坐上了去新加坡的飛機。據說新加坡一年四季都是夏天，蘇舊是從夏天的廣州去的，到了那裡也沒感到什麼異樣。他母親開車來機場接他。隔了十幾年第一次見到他母親，穿著黑裙，戴一副墨鏡，他只覺得這是個陌生的女人。

他母親把他帶到她住的公寓，開了半小時車，路上兩人沒什麼話，蘇舊沒想說什麼，也沒想聽什麼。他母親住的公寓是一套一室一廳，顯然是給一個人住的。

「我三個月前離了婚，和前夫一起住的房子賣了，分的錢我買下這間小公寓，一個人住夠了，」他母親介紹說。

「爲什麼離婚？」蘇舊問。

「新加坡離婚是很正常的事。兩個人處不來了就離婚，反正你我都是外來人口，沒有什麼三姑六婆的臉色要看，所以很乾脆。」

他母親讓他放下行李後就帶他去吃晚飯。出門下樓，在馬路上走了幾分鐘後走進一家商場，進了一家港式餐館，點了兩個菜。蘇舊看了一下菜單價目表，新加坡吃的不便宜。

「我想你可能很想問爲什麼我那時和你爸離婚，拋家棄子一個人跑來新加坡。」他母親說，「我就現在這裡和你說了，免得你惦記。當然你爸可能和你已經有怎樣說過了，但你最好也聽一下我這邊的說法。

那時我和你爸都是一個國營工廠的幹部。你爸本來有可能當廠長，他很活躍，廠裡很多人喜歡他。但是因爲六四，他前途毀了。他那時支持學生是一方面，但更重要的是，他思想上是個自由派，又不是黨員。六四之後，共產黨明顯想要進一步鞏固權力，國企向政治靠攏，做廠長要聽黨委書記的，你爸且不說選不上，選上了也做不來。

我那時就看出來共產黨的攬權是要長期化的，你爸未來一片黑暗。但我也不是那麼自私，我那時叫他和我一起跑，但他不肯。他對中國還抱有幻想，覺得過幾年風向會變，想再等等。當然那家工廠他是呆不下去了，他辭職回老家，開始幹個體戶，我們兩個一直很不齒的職業。他想一邊弄個餬口的營生一邊等，覺得還有機會回去。我來新加坡前幾年也很苦，沒有底氣去勸說他。只能各安天命。

我和你爸就是這麼回事。一個女人沒有什麼理由怎麼會想拋家棄子漂流異鄉？但我們這些小人物被時代碾壓的時候眞的一點辦法也沒有。」

吃完兩個菜的過程中他母親說了這些，蘇舊聽了只覺得對她越發陌生。

晚上他在他母親公寓的沙發上睡了。接著的三天他母親開車帶他在新加坡閒逛，一會兒來到那個很有名的金沙酒店前面，一會兒來到看海的景點聖淘沙，一會兒到滿是商場的烏節路。在商場他母親給他買了兩套衣服，買了一條皮帶，換下他那條從大一用到現在的破皮帶。在一起的過程中他母親時不時地會接到電話，聽她講電話，都是生意的事，進貨發貨，出了問題找誰什麼的。蘇舊就猜想他母親現在不上班，而是自己在做一些生意。

第四天早上吃早飯時，坐在客廳的餐桌邊，他母親對他說：「這幾天帶你轉下來，你也看見了，新加坡是很繁華的一個城市。文明先進，很有秩序。大半的人口是華人，你在這裡牛活不會有什麼不適。你現在是大三對吧？你要是願意，我可以幫你明年轉來這裡上學，再讀個碩士，或者幫你畢業後在這裡找份工作。同樣的工作，在這裡做你拿的工資肯定超過你在廣州做能拿的。」

他們的早飯是牛奶麥片。蘇舊邊聽邊吃了幾口，想了一會兒說：「你覺得可以嗎？」

「當然，爲什麼不可以？」他母親說，「其實前兩年就想讓你來了，那時主要是有兩個顧慮，一個是在新加坡這邊的家庭，一個是自己的經濟情況。現在婚也離了，自己的生意也穩定了，所以是一個讓你來的很好的時機。只要你覺得可以，我這邊讓你來絕對沒問題。」

「你做的是什麼生意？」蘇舊問。

「我在買賣一些電子產品，就是些筆記本電腦手機隨身聽之類。錢是有賺一些的。」

蘇舊想了一下，他感到面前有一樣他本能地想要遠離的東西。片刻後他回答說：

「我是有出國的想法。但我沒想過要來你這裡。其實我們算是三、四天前重新認識，本來我連你長得什麼樣都記不得了。我沒打算把自己的未來交在一個陌生人手上。」

「你不怕錯過一個很好的機會？」

「大家都是這樣。誰能眞正把握住那些所謂的機會？一個旁人的承諾有多可信？這些年我也算學了一些手藝，我相信我能憑自己的本事生活下去。如果環境公平，我不會過得太差。」

「你這叫不識抬舉，」他母親皺眉說，「你以爲我眞願意你來？如果你不是我唯一的親生兒子，我才懶得理你的事。也好，那你就自己到社會上混混看，只是不要碰了壁之後又回頭來求我。」

那天晚上睡在他母親公寓的客廳沙發上，閉著眼躺著還沒睡下去，蘇舊頭腦中又浮現出許多年前那個奇怪的臆想。在一個炎熱乾燥的地方，在一片貧瘠乾裂的土地上，他坐在一顆棕櫚樹下，吹著熱風。高三時他以爲廣州是這樣的地方，去了發現原來不是。這時他忽然想到，這個地方會不會是澳大利亞？好像以前在什麼地方看過紀錄片，屏幕畫面顯示的澳大利亞就是這樣的景象。要說起來澳大利亞是在地球的南面，新加坡已經是在南海的南邊了，澳大利亞比新加坡還要更南邊。蘇舊頓時決定了他出國要去的地方，就是澳大利亞。

8

三十六歲的蘇舊早上起來，疊了被子，洗臉漱口，泡了一杯咖啡拿著走到院子裡。十一月夏日的晴天，太陽明晃晃地照在院子裡，各種植物的葉子顯出鮮綠色。從圍欄看出去，遠處海面上波光粼粼。他想了想，這是他搬進這棟房子後的第四個夏天。每週同樣的生活循環讓他的時間概念有些模糊了。

今天要說有什麼不同的話，那就是費珊的飛機今天到這座城市。蘇舊走回起居室，拿起手機打開電子郵箱，確認了一下費珊給他發的航班的時間，到的時候是快到中午。蘇舊已經回覆她說會去機場接她。

今天是週日，不用上班。像往常的週日一樣，蘇舊穿上跑步鞋出門，在沿著海岸的小道上跑了半小時。路上他遇到鄰居在帶狗散步，是個金髮老太太，兩人用英語互相打了招呼。回來後沖了個澡，到廚房烤了一片吐司，煎了蛋和香腸，做了個簡單的早餐吃了。

玩了幾回合《文明》，蘇舊換了衣服出門，開車前往機場。機場離他住處不遠，開車二十分鐘就到了。在乘客出口處看了一下屏幕上的航班到達時間，看來沒有晚點。站在接機的一圈人中等著的時候，他回想了一下，上一次和費珊見面應該是十年前了，但他心裡並沒有什麼不安，好像要見的是前幾天才見過的一個朋友。

蘇舊從陸續從出口出來的人流中看到了費珊，穿著短袖衫和牛仔褲，頭髮像高中時一樣扎了個馬尾。相貌當然留下了時間的痕跡，看得出是三十來歲的人了，但那屬於費珊的五官特徵依然清晰可辨。費珊拉著個行李箱，看到蘇舊就朝他走過來。

「哎呀，澳洲是真熱，」她笑說，「當然我是做好了心裡準備的，但沒想到溫度會差這麼多。上飛機的時候我還穿著羽絨服，下了飛機不得不全脫了，只剩下這件。」費珊拉了一下短袖衫的邊緣。

「在飛機上有睡一下嗎？」蘇舊問。

「睡了兩、三小時吧。在飛機上睡覺真難。從香港飛過來的飛機很擠，幾乎沒空座位，還好我的是靠窗的座位，還可以把頭靠在窗邊，勉強睡了一會兒。要說國泰的服務質量真不錯，還發了一套機內睡覺用品，耳塞眼罩什麼的，挺有用的。」可能聲音不怎麼會隨年齡變化，費珊的聲音還是高中時的樣子。

「先帶你去酒店吧。」蘇舊說。

「好啊。」

蘇舊從費珊手裡把行李箱拉過來，拉著穿過機場大廳，來到停車場，打開後備箱把行李箱放進去。

「喲，尼桑，是好車啊。」費珊笑說。

「從一個中東人手上買的二手的，很便宜。」蘇舊回答。

上了車，蘇舊問費珊酒店的地址，費珊說了一家在市中心的酒店，蘇舊就把地址輸入導航儀，把車開動出去。出了機場區域，道路兩旁就變成了一棟連一棟的平房。這座小城除了在市中心之外，沒有什麼高樓大廈可看的。

「這情景讓我想起來那年我去廣州找你，你到火車站接我，我們去找酒店，找了好久也沒一家可以住的，」費珊說。

「是啊，」蘇舊笑了一下，「那是多久以前？十五年前？」

「過了這麼久，你給人的感覺一點沒變，還是那個性格，說話還是那種調調，挺神奇的。」

「你變了嗎？」

「變了。飛沙風中轉，這幾年下來變得人不像人鬼不像鬼，變得我媽都認不出來了。」

「哪有那麼嚴重？」蘇舊笑了一聲說。

但費珊沉默起來。蘇舊把注意力轉向路面。

＊＊＊

大四還沒結束時，蘇舊已經簽了工作合約，開始上班了。之前實習的公司對蘇舊的表現還挺滿意，所以很早就跟蘇舊約定讓他畢業後去那裡工作。上班的地點跟之前實習時一樣，在離大學不遠的地方。

當他父親從渝州來參加他的畢業典禮的時候，蘇舊已經在校外找了一個住處搬出去了。人生第一次要自己決定自己的住處，找這房子蘇舊費了不少心思。他花了一個月，看了七、八處房子，每一處都有一點讓他覺得不滿意的地方，要麼房子舊，要麼傢俱不全，要麼離車站遠。有一次他看到一間不錯的公寓，就在公司邊上的小區裡，環境也不錯，旁邊就有一個公園，租金也合理，但是他實地去看的時候，發現衛生間有一股怪味，心想會不會是下水道有什麼問題，考慮再三，還是沒租下這間。

他最後選的房子各方面都沒什麼大毛病，一房一廳，租金還挺便宜，就是離公司有點遠，上班要花二十分鐘坐地鐵。但是他看中這房子在公寓樓的一樓，陽台可以推門出去進去小區公用的花園，就好像這個花園是他的一樣。因爲這一點，就算要早點起床去趕車也是值得的。

蘇舊父親從渝州來參加他的畢業典禮時在他這套房裡住了兩晚。蘇舊讓父親睡床，自己地上鋪個睡袋睡地鋪。他父親拿來一台相機，畢業典禮後和老師同學拍照留念不必說了。結束後回家換了衣服，蘇舊帶他父親在這南方的大城逛了一圈，他父親幾年前出差來過這座城市一次，看出許多變化。

在一間港式茶餐廳吃飯時，他父親忽然問說：

「上次你去新加坡看你媽，她的情況怎麼樣？」

說起來蘇舊還沒和父親說過那次去見母親的詳情。蘇舊便描述了一下他看到的他母親的生活，住的公寓，賣電子產品的店面。

「你媽也算是個很拼的人。」他父親聽完沉默了片刻說，「當年她隻身一人到新加坡，打拼到現在算有了一片天地，這個過程肯定是吃了很多苦，受了很多委屈的。我和你媽是因爲理想不同分開，雖然不做夫妻了，但還算是朋友，不是說分手了就變成仇人。她剛到新加坡時遇到麻煩我都盡力幫她解決，她要什麼證明材料，我都有托公安局裡的關係去幫她辦。她走後的那幾年我都沒找過其他女人，一方面是對她的尊重，一方面也是考慮到對你心理的影響。要不然那時都有很好的女人來找我想和我過。現在你畢業了能自立了，我才算能自由一點。」

蘇舊聽了想起一個小時候常常到家裡來的女人的身影，但他沒說什麼。第一次收到工資，蘇舊在取款機前面，對著小票上的數字看了好久。他想起小時候偶然看到的父親的工資單，這小票上的數字是那時父親工資單上的數字的二十倍。但他沒有什麼自豪的感覺，也沒有什麼喜悅。晚上回到家裡，他開電腦上網找資料，算了算要湊出去澳洲的費用他還要幹多久。

在互聯網公司蘇舊的直屬上司是一個叫黃盛的男的，比蘇舊大四歲，跟蘇舊一樣剛進公司時也是程式員，這時做到了項目經理。蘇舊在他領導的項目組開發網站，除了蘇舊組裡還有另外四名程式員。

蘇舊在公司裡並沒有想特意經營人際關係，只是抱著拿一分工資幹一分活的簡單想法每天去上班。但不知爲何這個黃盛對蘇舊似乎抱有特別的好感。有時到了午飯時間，黃盛會看其他人都出去了，只有蘇舊在的時候，叫他一起去吃飯。然後在吃飯時他會跟蘇舊談一些有七沒八的。黃盛已經結婚了，但他很少講自己家裡的事。他比較喜歡講的是他這三四年積累的關於公司大老闆的內幕消息，還有前台小妹的緋聞等等。他說這些時，蘇舊便不插話地聽著。

黃盛對蘇舊的生活也有特別的關心，常常問他吃了什麼飯，又積極地想教給他做法簡單又好吃的飯菜。工作小半年，蘇舊受邀請去他家吃飯也去了三次。聽說蘇舊現在單身沒交往對象後，黃盛就許諾說會給他介紹一個女朋友。

到了春節公司放了一週的假，蘇舊決定回一趟老家。這是大二寒假之後三年來蘇舊第一次回老家。他父親開車到車站接他。他父親換了一輛車，把原來的國產車換成一輛日產車。上了車後蘇舊發現車後排坐著另一個人，他父親說：「這是子衿，之前電話裡跟你提過的。」

蘇舊「哦」地應了一聲，沒有特別的感覺。這叫子衿的女人向蘇舊搭話說：「廣州很熱吧？」

「還好。」蘇舊應答，想了一下又補充說：「是熱一點，但是冬天還是很冷。你看我還穿著羽絨服。」

「你這件羽絨服很漂亮，自己買的？」

「是啊，剛上大學那年自己到街上買的，穿了好幾年了。」

看子衿的樣子年紀應該不到三十歲，臉頰削瘦，有一種模特的氣氛。開車上路走了一陣後，蘇舊父親說：「我和子衿定了今年五月結婚。是找一個道長算的日子。到時候你能來就來，你不能來我把婚禮拍的錄像寄給你看。」

蘇舊父親在小規模經營裡掙扎了十幾年，到了這兩、三年好像才摸到了做生意的門道，賺了一點錢，買了一套新房子，三室一廳的單元。帶蘇舊參觀新家時他父親又說：「其實買這套大房子還是考慮到以後成家有小孩的需要。要是只有我一個人我們那套老房子完全夠用了。」

蘇舊沒想到他爸快五十了還在考慮生孩子。新房三間臥房有一間像是給蘇舊準備的，他以前老房子那間房間的大部分東西都搬到這裡面，包括床、桌椅、書架、檯燈。書架上的書和雜誌，《大眾軟件》、《電腦報合訂版》什麼的，幾乎一本沒少。

「這房間以後一直給你留著，你什麼時候回來都能住。」

蘇舊心想這有點多此一舉，以後他回渝州的機會會越來越少，一直空置一間房挺浪費的。

初一初二像從前一樣蘇舊和父親出門拜訪親戚。大部分親戚很明白地沒再給蘇舊紅包，只有一個姑姑，還是拿著一個紅包非要塞到蘇舊口袋裡。蘇舊推她說：「姑姑，我已經工作了。」

姑姑笑說：「哎呀，不管工作沒工作，只要沒結婚，都算是小孩，都得拿壓歲錢。」

「那要是我到了四十歲五十歲還沒結婚，那時還要拿壓歲錢嗎？」蘇舊也笑說。

「怎麼說這種話，我們汪汪不至於到了四十歲五十歲還沒碰上一個合適的人吧。」

「這個還挺難說的，人各有命。」

他們說這話時蘇舊父親也在旁邊。這天晚上在親戚家吃過飯，開車帶蘇舊回家的路上，他父親忽然說：「我相信你的自理能力是沒問題，但是現在我有一點擔心的，怎麼你從來沒跟我說過和女生的交往？你是一直都沒碰上喜歡的女生嗎？你爸我在你這個年紀的時候可是已經按倒過好幾個女人了。」

蘇舊沒有回答。這時出現在他腦中的女生的名字只有一個費珊。可他從沒想過要和他父親說費珊的事，而除了費珊，他似乎也沒有別人的事可講。等了一會兒後他父親又說：「現在我公司裡也有幾個剛畢業的女大學生，跟你年紀差不多，有一個長得還挺漂亮的，我可以把她們的資料給你看一下，你要是看中哪個，我可以安排你們見一下面。」

蘇舊笑說：「算了吧，你公司的女員工？弄得好像電視劇情節似的。」

「不是什麼電視劇情節，那是虛構的，我現在跟你講真的，這是很好的機會，讓你和女生接觸看看。你不要老是那麼老實，女生就是要多接觸才能明白。」

蘇舊想了片刻後說：「你不能指望我會和你一樣。」

他父親聽了沉默了幾秒鐘說：「那你自己去找，要多找幾個。將來選定一個帶回來給我看看。」

初四蘇舊的高中同學有個聚會。這是班長秦香發起的，早一個月秦香就和蘇舊電話裡說過會有這樣一個聚會，蘇舊還有點期待。他高中畢業時並沒有覺得班上同學會讓他懷念，這時四五年過去，他的想法好像有點改變。他覺得能和曾一起共渡三年的同學聊一下那之後大家各自的路也不錯。

聚會是在一個酒樓裡，他們來了十幾個人，擺了兩桌酒席。蘇舊比約定的時間晚到了半小時，到的時候兩桌都已經坐滿了。蘇舊在兩桌人裡掃視了一圈，沒看到費珊。他就找了一個空位坐下。他旁邊的正好是和他做過同桌的男生。

兩小時的酒席，大家談了一圈現在的工作，混得好的在國企上班，混得不好的在酒店門口當保安。還有一個在淘寶上開店賣衣服，那時後淘寶店剛開始流行起來，這人算是跟風比較早的了。然後又比較了一圈工資，各自報了數，他們都說蘇舊的工資高，蘇舊說他們這種創業公司哪天說倒就倒很正常，不穩定，不如在國企裡做事，表面上工資的數額不高，但有大把福利。說到沒來的班長穆尖，大家都說沒有他的消息，好像他消失了似的。按說他應該已經大學畢業了，但誰都不知道他是工作了還是在幹什麼。蘇舊想起來他也很久沒和穆尖聯繫了。

然後又談時事，當年那個試圖競選班長的蔣方不知從那裡得到了許多共產黨的內部訊息，跟大家大講「濤哥」上臺的內幕，說幕後撐他的人是誰誰，中南海發生了怎樣的鬥爭，說得煞有其事。真正的黨員秦香旁邊看著笑笑沒有說話。

買單的時候大家分攤，算好了錢一起交給秦香。站起來時候蘇舊的男同桌拍了一下他的肩膀，笑說：「今天晚上你的話還挺多的，跟你高中時不一樣了。想起我們同桌那一年，基本沒說過什麼話，我主動向你搭話你都不理我，也不理別人。那時的你怎麼說呢，感覺像別人都欠了你什麼似的。你現在變了好。」
走到酒樓外面，秦香又提出要去唱歌，有三、四人響應，其他人表示不參與。蘇舊本來是覺得晚上反正沒別的事，可以跟秦香去，再多和同學處一處。卻見秦香朝他走過來，故作神祕地一笑說，「今天晚上沒見到費珊，是不是覺得有點遺憾？」
「那倒沒有。」蘇舊應說。他說的是實話，雖然他有點在意費珊有沒有來，但費珊沒來顯然會比她來了更讓蘇舊覺得自在些。如果費珊現在有男朋友，他們見了，想起那個寒假在廣州的事，多半會很尷尬。
「她沒來吃飯是因爲她有別的飯局，但她跟我說我們去唱歌的時候她會來參加，」秦香說。
蘇舊「哦」地應了一聲。秦香又說：「不過你可能還是不要期待什麼比較好。她現在有個男朋友，跟我們一個大學的，他們兩人好像畢業後就開始同居了。」
「是嗎？」蘇舊沒表情地應了一聲，心想，果然是這樣。
蘇舊忽然不想去唱這個歌了，想轉頭就走，但他想了一下，覺得都決定要去了，沒什麼理由要因爲費珊會出現而改變主意。

9

那兩年最流行的是周杰倫的歌。蘇舊不怎麼聽流行歌，但大街小巷有音像店、快餐店、奶茶店的地方，總避不開聽到這個人的歌，「愛情來得太快，就像龍捲風」「不知不覺又過了一個秋……」想來許多上班族坐車上下班路上耳機裡放的，可能也就是這些歌。在廣州是這樣，在渝州好像也是這樣。

那晚去唱歌的有三男四女七個人，他們來到一家唱歌中心訂了一間包間，包間裡面是左右兩排沙發，男生坐一邊，女生坐一邊。他們又點了一些酒水小吃才開唱。果然一上來就是一輪周杰倫的歌的轟炸。有一個男生唱「忍者」，顯然是特意練過的，「伊賀流忍者的想法，只會用武士刀比劃……」一字不差地說唱下來，博得大家一陣喝彩。這男生就是在酒店門口當保安的那位，但沒有妨礙在國企上班的秦香給他鼓掌，周杰倫讓大家都平等了。

蘇舊只唱了一首《龍捲風》，他沒唱過這首歌，只是憑街上聽到的記憶模仿了一下。輪到他唱第二首時，他就改唱任賢齊了。

唱了差不多兩輪後，費珊推門進來了。兩年前在廣州一別後，蘇舊這是第一次又見到她。她的相貌神情和上次見到時都一樣沒有變，只是把頭髮剪短了，現在頭髮在肩膀之上。她穿著一件和那時穿的同樣是黑色但款式不太一樣的羽絨服，下身是牛仔褲和球鞋，進來後和裡面的人逐個打招呼，看到蘇舊時特意笑了笑，但沒有過來坐在蘇舊旁邊的空位，而是過去坐在秦香旁邊，在蘇舊的斜對面。

費珊進來後，蘇舊就不再唱流行歌，再輪到他的時候，他只是唱一些學校音樂課教的老歌，什麼《讓我們蕩起雙槳》、《北京的金山上》，不想勾起費珊什麼思緒。費珊唱了兩首孫燕姿的歌。蘇舊唱或不唱時都留意著費珊有沒有看他，但費珊似乎沒有對他有特別的反應。一直到唱完兩小時，費珊也沒過來和蘇舊說過一句話。

從唱歌中心出來，大家在路口又站著聊了幾句，然後各自回家。蘇舊和他們道別後往一條小巷走進去，估計著走到家要三十分鐘。他走出差不多一百米的時候，忽然有人從後面拍了一下他的背，他回頭一看，是費珊。費珊笑說：「你回家是走這條路嗎？我怎麼記得不是？」

「我爸買了新房子，」蘇舊回答，說著繼續往前走。

費珊跟著他走了幾步，說：「今天怎麼了，也不和我說話？」

「沒有啊，我看你沒有來和我說話，心想你是不是不想和我說話。」

「怎麼，我們現在的關係這麼複雜了嗎？」費珊笑了兩聲說，停了片刻又說：「上次一別，我們差不多兩年沒見了吧。」

「差十天兩年。」蘇舊回答。

費珊聽了一會兒沒作聲。兩人默默走了幾步，蘇舊問說：「你和你男朋友處得怎麼樣？」

「就那樣吧，我都不愛說那些破事。上次我感冒發燒，住院打點滴，在醫院住了三天，他竟然趁這個時候一個人跑去三亞玩。」費珊說，換了口氣又說：「你現在好嗎？」

「挺好的，」蘇舊說。然後他把畢業找工作，找房子，上班的情況和費珊簡單說了一下。費珊聽了說：「看起來你確實挺好的。」

「你現在工作嗎？」蘇舊問。

「我畢業後找了一份工作，但做不順心，過年前剛剛辭職。」

「那沒什麼，再找吧。」蘇舊試圖鼓勵她。

費珊停了一會兒又說：「其實不只是這樣。」蘇舊正等著她說下去，費珊卻換了話題說：「你在廣州的家的地址能告訴我嗎？」

「可以啊。」

費珊拿出她的手機，一個黑色的翻蓋諾基亞，把蘇舊告訴她的地址大概是記在了通訊錄裡。然後她合上手機，抬頭對蘇舊一笑說，「那我今天就不陪你了，我媽還等著我回去。過段時間我可能會給你寫信。」

「好。」蘇舊說。

費珊轉身走了。蘇舊站在原地想了一陣，才繼續又往前走。他不知道給費珊他家地址是不是正確的決定。

回到廣州後依然是每天上班的日子。他每天下班後會在樓下放信箱的地方查一下有沒有信，但一星期過去，他什麼也沒收到。直到過了一個月，已經進了三月春暖花開的時候，他才收到費珊的一封信。看來費珊喜歡在入春時寫信，這個時機和上次她給他寫信如出一轍。

那時是晚上八點多鍾，蘇舊拿著信進入屋裡，開了燈，把信放在餐桌上，走到電腦桌前坐下，打開電腦玩了一局《魔獸爭霸》。玩過之後，他才鼓起勇氣過來拆這封信。用藍色圓珠筆寫在兩頁白色信紙上的信是這樣的內容：

蘇舊，希望你收到這封信時一切安好。有時想起你時會覺得你像個獨行俠，腰間別著一把寶劍，身披青衫，穿一雙草鞋，走遍天下無所顧慮。似乎孤獨和黑暗都不會把你打倒，不管前方是什麼，你總能不動搖地往前走。有時候真覺得羨慕你這樣的性格。

抱歉答應給你寫信卻拖了這麼久。這封信寫了好幾個開頭，但總寫不下去。今天我走到一個公園，看到一樹梨花開了，心裡難得有好心情，便決定今天一定要給你寫信。我現在住在我男朋友家裡，在上海，他畢業後在上海找到一份工作，我就跟著來了。

當時跟他來的時候我沒告訴我爸媽，隔了三個月才第一次跟他們打電話。然後春節回老家的時候，我跟他們談了幾天，他們說我可以和他在一起，但是兩個人要住在渝州。這一點他是不會接受的。最近我好幾次主動和他談，他都愛理不理的，最後都變成吵架。

我剛上大學的時候就和他認識，畢業的時候他提出要和我交往，我也不知道是不是真的喜歡他，只覺得和他也算是有一段感情的，要是這樣分了，覺得挺可惜的。但我現在這種狀態不能長久的，沒工作要男朋友養著，他的工資也不高，和父母那邊又有矛盾。雖然沒在做事，最近常常有精疲力竭的感覺。

我想逃避，但也不知道能拖多久。現在每天晚上和他躺在一起，像躺在陌生人旁邊，抱一下的衝動都沒有。我這糊塗的人生大概就這樣了，希望你不會像我一樣。希望你過得比我好。希望上天賜福給你，讓你逢凶化吉，一切順心。費珊

蘇舊讀完這封信，看著房間牆壁呆了幾分鐘，然後走到廚房，開冰箱看見裡面還有啤酒，就拿了一罐出來打開來喝。他坐在椅子上，試圖做些思考，但找不到任何有用的思緒。他只是有一種想去看海的感覺。喝完第二罐啤酒，他覺得頭腦昏昏沉沉的，就去睡了。

那之後過了幾天，這天蘇舊在公司食堂和黃盛還有小組幾個人一起吃飯時，忽然聽到他們提起去按摩的事，說上次去的那家怎樣怎樣，下次要找一家怎樣怎樣的。蘇舊聽了心裡忽然一動，說：「下次你們去時也帶我去吧。」

黃盛笑了一下說：「蘇舊，我們要去的按摩店是有特殊服務的。」

「知道，我聽出來了，」蘇舊說。

「那我上次叫你時，你不是說不想去那種地方嗎？」

「後來我想，反正沒去過，去一次也沒什麼，當作見見世面。不是說比爾蓋茨也經常參加性愛派對嗎？我向前輩學習，」蘇舊笑說。

「好，既然你這麼說了，我安排個時間。」

於是隔了一週的週日，黃盛帶著蘇舊和另一個男同事，三人去了一趟提供特殊服務的按摩店。他們下午兩點在火車站見面，然後從那裡搭與公司的方向相反的巴士，坐了差不多一小時。蘇舊心裡笑說這些程序員眞會找地方。下了車他們已經來到近郊，周圍看不到什麼高樓，路邊的大都是兩層高的店面，稍遠可以看到成批的四五層高的住宅樓，八十年代的樣式。路面的狀況也不太好，坑坑窪窪的，有的坑裡還能看到前一天下雨留下的積水。

黃盛帶著兩人沿著馬路往前走，他好像也不太確定路線，一邊走一邊四下張望。到了一個巷口，黃盛「哦」地叫了一聲，回頭對兩人說：「就在這裡面。」

小巷不到兩米寬，入口處一邊是小吃店，一邊是一家旅館，一般人經過很難注意到有這麼個巷子。往裡面走時，蘇舊笑說：「這麼隱蔽的地方也能讓你找到，厲害了。」

「我也是之前一個前輩帶我來過才知道的，我自己哪能找得到。一年沒來過了，差點不記得路，」黃盛說。

往小巷裡走了約一百米，旁邊一棟三層高的建築，一樓門口掛著一塊牌子，紅紙黑字寫著兩個字「按摩」。黃盛回頭對兩人使了個眼色，帶他們進去。一進門，蘇舊的感覺就緊張起來，好像意識到自己是在幹什麼壞事。但他沒有轉身走出去的想法，他就是衝著幹壞事來的。

進去後迎著門有個像前台的小桌子，有個六十歲左右的老頭看著，黃盛走上去對他說：「三個人。」

老頭說：「要服務嗎？」

「要，」黃盛回答。

「上三樓。」

黃盛就帶著兩人從後面的樓梯上去。來到三樓，從一個小門進去，這裡有個前廳般的地方，五米見方，有五、六個女人圍坐在一起，年紀都是二十來歲的樣子，穿著同一款白色衣褲。見他們進來，有個大概是管事的女人站起來，黃盛對她說：「我們三人。」

「先交錢，」女人說。

「多少錢？」

「一人一百。」

黃盛回頭示意兩人掏錢，三人各掏了一百給那個女人。然後這個女人坐下，另外三個女人站起來，帶三人往一側一個通道進去。這個通道兩邊都是小隔間，每個隔間寬度在兩、三米左右，門上掛著一面帘子。整個通道上大約有十來個隔間，有的帘子撩起，有的帘子垂著。帘子放下的大約裡面是有人。走在最前面的女人示意黃順進一個空隔間，黃順回頭給後面兩人豎了一下大拇指，跟著女人進去了。接著蘇舊和那個同事也分別被領進不同的隔間。

進了隔間，負責蘇舊的小妹放下帘子，叫蘇舊脫衣服躺下。隔間裡一半的空間放著一張兩米長，鋪著白色床單的床。蘇舊照小妹說的做。這個小妹看著很年輕，年紀應該在二十左右，頭髮在腦後扎了個髻，額前有整齊的劉海。小妹一邊把蘇舊脫下的衣服疊起放在隔間一角的一個籃子裡，一邊問說：「先生貴姓？」蘇舊回說姓蘇。這小妹的口音聽著像是北方人。

蘇舊只穿一條底褲，一開始面朝下趴著。按摩小妹坐在他背上，給他按肩膀按胳膊。按了大約十分鐘，受小妹的示意，蘇舊轉過身來，面朝上躺著，小妹就坐在他肚子上，繼續給他按肩膀，又往後退給他按了一會兒腿，也按了大約十分鐘。接著小妹開始特殊服務，用手抓住了蘇舊那裡。蘇舊只覺得小妹的手又軟又涼，像剛從冰箱裡拿出來的年糕。一會兒後，蘇舊頭腦中變成一片空白。

回過神來，他看到小妹站在床邊，帶著個天使般的微笑，問他：「您滿意我的服務嗎？」蘇舊點點頭說滿意。

「那請下次再來光顧。」小妹說到。

坐在回市區的巴士上，蘇舊和黃盛並肩坐一排，黃盛問他：「怎麼樣？那個小妹的手法如何？」

「沒什麼特別的感覺，」蘇舊說，「就是感覺自己像隻動物，那個小妹就像農場裡的雇工，把我按在流水線上對我的身體執行了一道處理程序，僅此而已。跟被擠牛奶，剃羊毛沒什麼差別。」

「那當然，人本來就是動物嘛。你不當動物還想當什麼？」黃盛說著笑了兩聲。「不過同樣是執行一道處理程序，按摩小妹長得漂不漂亮，手法好不好，差別是很大的。」

「當然開始感覺還可以，只要想到她是爲了錢在我身上做這些的，我就提不起情緒去欣賞她。」

「果然按摩這件事還是不適合你。你是要講感情的，」黃盛說。

蘇舊想了想說：「盛哥，你家裡有老婆，爲何還要出來被別人按？」

「這個沒什麼難理解的吧，就像一直在家裡吃飯，偶爾也會想出來下一次館子。」

「你老婆允許你這樣？」

「這個當然是要瞞著她了。在我老婆面前你可千萬別提今天的事。我帶你出來玩，你別害我啊。」

「那不會的，」蘇舊回答。

蘇舊轉頭去看著車窗外。窗外的建築漸漸密集起來，出現一棟又一棟的高樓。他們正在從郊區回城的路上。這個小小的冒險讓他感覺不壞。回想接受按摩小妹服務時，像個動物般的自己，他心想，性愛也就是那麼回事。眞的沒有必要爲了女人想了又想。

四月的一個星期日，天空晴朗暖和，蘇舊洗了衣服，曬到陽臺上，又到院子裡整理花草。院子一角開了幾株小黃花，應該是野花，不是誰特意種的，但看著挺漂亮。蘇舊也給這幾株花澆了澆水。回到屋子裡後，他在桌前坐下，給費珊寫了一封信。內容他記得大致是說，他請了一個家政阿姨每週來做清潔。用小時工資計算的話，比他自己做划算。接著他給費珊說了說自己的工資，扣去多少花費，每個月能剩多少錢。最後他寫說，如果費珊想到廣州來換換心情，不妨考慮來住在他這裡。「如果你來，即使一段時間不工作，我的工資應該也能負擔得起。我想雖然我不是你的男朋友或什麼人，這樣一點想法總是可以有的。」蘇舊記得信裡有這樣的句子。

這封信他不好寄到費珊上次寄來的信的發件地址，那畢竟是她男朋友的住處。蘇舊還是像以前那樣，寄到費珊渝州老家的地址。來到郵局，把這封信塞進郵筒後，蘇舊感到心裡空了一塊。

那之後的一、兩個月，蘇舊每天下班回家都會查一下信箱。但除了繳費單和各種廣告外，並沒有什麼有意義的信。一、兩個月過去，依然沒有費珊的信。這時這座南方的城市已經進入了雨季，每天陰雨綿綿，像天的什麼地方漏了似的。每天下班從公司走到地鐵站的路上，總是看到燈光下雨絲濛濛，行人都打著傘快步走著。那封寄出的信就像消失了一般。蘇舊每天在公司加班到晚上八、九點，回家打一局遊戲洗漱睡覺，每天如此循環，也漸漸忘了信的事。

10

費珊訂的酒店是在市中心商業區的一角，看規模裝潢應該是個三星。蘇舊和費珊一起進去，費珊去前臺登記的時候蘇舊就在旁邊等著。登記完費珊拉著行李箱過來說：「我上去放一下箱子，然後你帶我去吃飯，我肚子可眞餓了。」

「好啊，」蘇舊點頭。

費珊拉著箱子上了電梯。蘇舊就站在大堂裡等著。大約過了十分鐘，費珊從電梯口出來，換了一件條紋短袖衫，戴上一副墨鏡。蘇舊就和她出去，到停車場上了車。

兩人來到城北一家泰國餐廳，點了咖喱和東陰功湯。費珊看著菜譜的時候，蘇舊仔細觀察了一下她的臉龐，那幾處他印象深刻的臉部特徵告訴他這確實是他高中同學費珊，只不過七八年沒有見了。

「所以你有計劃好要去看什麼景點嗎？」對服務生點了菜後，蘇舊便問費珊。

「蘇舊，其實這次我不是來玩的。」費珊說，同時摘下墨鏡放在桌子一邊，眼睛露出嚴肅的神色。「我明天要去見一個農場主，看一下他的農場。電話郵件裡和他已經談的差不多了，但我還是要實地看一下，才能決定要不要買下來。」

「買農場嗎？」蘇舊笑了一下，「你想當農場主？」

「權宜之計。主要是我們家想快點把資金從國內轉出來。」費珊看向一邊說，「國內做生意的環境越來越差。我媽的很多朋友都已經跑了，我們家算是晚的。這回看到習大大改憲，李嘉誠都跑了，我們還不跑的話不是傻嗎？」

「原來是這樣。」
沉默了片刻後，費珊微笑一下又說：「但這一趟也不是沒有打算抽兩天隨便逛逛。我差不多一年沒有性生活，感覺已經有點麻木了。」
「一年？你不是前兩個月才離婚的嗎？」
「離婚前的一年時間，我們基本都是分房睡的。當然也不是說以前有過多少性生活，一年也就幾次吧。」
「那你們都在幹什麼？」蘇舊笑了一下說。
「本來我們就各有各的生意，他忙他的，我忙我的。」
蘇舊把服務生端上來的菜分到小盤子裡，說：「你要是不介意，你辦完事我帶你去轉轉，去國家公園看看袋鼠考拉，去海邊看看海鷗遊艇。」
「眞是打擾你了，」費珊一笑說，「你的工作很忙吧？」
「不會。不是一兩天都走不開的工作，」蘇舊說。
「爲什麼對我這麼好？我本來以爲你可能不想再見到我了。」費珊看著蘇舊的眼睛說。
「爲什麼我會不想再見到你？」
「從高中時你對我告白以來，這麼多年我都沒有回應你的感情，把你冷落在一邊，只是自己有需要時才來找你一兩次，我這麼自私的人你還能受得了？」
「我不在乎這些。從一開始就一直是這樣，不管你怎樣拒絕我，不管你離開我幾次，每次只要再見到你，我就忘了過去，只想著將來。」
＊＊＊
那次和黃盛他們去按摩之後，過了兩、三個月，黃盛說想給蘇舊介紹一個對象。
「是我老婆大學的學妹，她們一起在學生會共事過。現在在廣州一家公司當總經理助理。我和她見過兩次，感覺她性格很文靜，說話都是細聲細氣的，我就想和你說不定挺相配。怎麼樣，有沒有興趣認識一下？就是一起吃個飯，也不會有什麼損失。」
「好啊，」蘇舊點頭。除了工作就是打遊戲的日子他也有點厭了。
黃盛便和蘇舊約了週日去他家吃飯，說會把那個女生也叫過來。
約的時間是中午十二點，蘇舊提早了二十分鐘來到黃盛家，心想可以幫忙做飯。他到的時候那個女生還沒有來，他就幫忙黃盛夫婦準備飯菜，他們做了一盤獅子頭，一盤炒蜆，另外還有一盤買的滷味。菜都端上桌後，蘇舊看了一下牆上的掛鐘，還有五分鐘到十二點。
「這個女生很準時的，」黃盛太太笑說，「和她約了十二點，她不會十一點五十九來。」
果然十二點正的時候，門鈴響了一聲。黃盛太太過去開門，帶那個女生進來。蘇舊和這個女生一照面，兩人都愣了幾秒鐘。蘇舊心想，這不是他高中同學徐小麗嗎？雖然蘇舊沒怎麼和她說過話，但畢竟三年同在一個班級，他還是能認出來這張面孔。徐小麗彷彿也認出了他，站著看著他沒打招呼。

「怎麼，你們認識？」黃盛看出了異樣。

「你是徐小麗對吧？」蘇舊對女生說。

徐小麗點點頭。蘇舊就轉向黃盛笑說：「我們是高中同學。」

「這麼巧？」黃盛張大眼睛說。

四人在桌邊一起坐下來吃飯。黃盛本來好像準備了一套介紹的說辭，這時用不上了。聊了幾句後，他得知兩人高中畢業後就沒再聯繫過，就讓他們把高中之後的經歷說一說。蘇舊把他在廣州上大學，進公司的經過簡單說了一下。徐小麗說她去了成都上大學，畢業後找到廣州的一份工作，來廣州差不多一年了。她高中畢業後沒怎麼和高中同學聯繫，也不知道蘇舊在廣州。

「能夠在這裡再會，也眞是有緣了，」黃盛笑說，舉起倒了啤酒的酒杯要和他們碰杯。

「蘇舊在公司裡是怎樣的員工？」徐小麗問黃盛。

「蘇舊在公司裡可是好員工的樣板，工作很少出錯，又很勤奮。我都沒叫他，他就會自己留下來加班。」

「那不過是回家後也沒事幹，不如留在公司裡，」蘇舊說。

徐小麗聽了微笑了一陣。

吃過飯從黃盛家出來，兩人走向地鐵站。有一會兒兩人都沒說話。蘇舊等著徐小麗開口，但徐小麗好像在想著什麼。蘇舊想了想問徐小麗說要不要找個咖啡廳再坐一下。徐小麗說她三點約了瑜伽課。然後她從肩包裡掏出一個小本本，像是日程本，翻開一頁看了看說：「下週週日我計劃去看一個美術展，你要是有興趣我們可以一起去。」

「可以啊，」蘇舊回答。

兩人坐相反方向的地鐵。在站臺上等著的時候，蘇舊笑說：「我們五年沒見過了吧。能在這裡再會還挺神奇的。」

「嗯。」徐小麗點點頭，並沒有顯出激動，臉上是冷淡的表情。一會兒她的車先來了，她揮揮手說了聲「拜拜」就自己上車了。

一週裡兩人也沒有打電話或發短信，只是週六時徐小麗發了條短信確認第二天見面的時間地點。週日蘇舊在美術館前和徐小麗見了，兩人就買了門票進去。這是一個水墨畫專題的展覽，有吳冠中的作品。蘇舊也不太懂美術，跟著徐小麗在館裡轉了一圈出來，沒發表什麼評論。出來後蘇舊又說去喝咖啡，徐小麗點頭同意，看來今天她沒別的安排。

兩人在附近一家咖啡廳坐下，點了咖啡和蛋糕。

「你覺得今天的展覽怎樣？」徐小麗問。

「還不錯吧，都畫得挺漂亮的。」蘇舊說，「說實話，我這是第一次看美術展，不懂怎麼欣賞。」

「沒關係，我常常看展，一個月至少一次，如果我們交往久了，你會有很多機會看展的。」徐小麗少見地笑了一下。

蘇舊聽了覺得徐小麗的這個假設有點奇怪。他想了一下說：「你打不打遊戲？」

「打遊戲？我不喜歡。」

「我可以教你打遊戲，」蘇舊說，「現在有些遊戲也很適合女生的。」

「是嘛？好啊，那下次你教教我。」徐小麗應說，像不感興趣一般沒有表情。

「那就現在去吧，我知道前面商場裡有一間遊藝廳。」

「今天就算了，天色都暗了，我很少晚上在外面逛」徐小麗說著，從肩包裡掏出她的日程本，翻開看了看說，「下週日下午我的瑜伽課到三點結束，那之後可以和你去。再下週我預定了看話劇。」

「所以你一直都是這樣，把日程都早早地事先排好嗎？」

「是啊，這是我上大學後養成的習慣。也是受到我一個學姐的影響。她是很有規劃的人，什麼事都事先計劃好。我是學她的。」

「那萬一出現你的計畫裡沒有的情況，讓你完成不了計劃呢？」

「你是指什麼情況？」

「比如說萬一解放軍開始攻打臺灣，福建廣東這一帶陷入戰爭。」

「這有可能嗎？」徐小麗笑兩聲說，「要眞發生的話我還眞不知道該怎麼辦了。」

徐小麗給蘇舊的感覺和高中時候不太一樣。蘇舊印象裡高中時的徐小麗是個表情陰鬱，話很少的女生。穆尖開始時大概是因爲她臉蛋漂亮才想去追她，後來交往了一下又和她分開，大概是因爲受不了這種陰鬱的性格。現在的徐小麗顯得開朗明亮，時不時會笑一笑。但蘇舊不知爲何總感覺這種開朗有一點不自然，好像是她努力構造的一種假象。

「所以你爸爸媽媽都還在渝州嗎？」徐小麗說。她很少見地提到了他們的老家。

「我爸在渝州。我媽現在在新加坡。」蘇舊如實回答。

「這是怎麼回事？」徐小麗顯出意外的表情。

「我媽在我九歲時跟我爸離婚，去了新加坡，在那裡又嫁了人。我爸最近也剛重新結婚。」

「那就是說從你九歲開始你媽媽就沒和你在一起？」

「對。」

「我都沒聽同學提到過這樣的事。」

「我沒和人說過。你大概是高中同學裡第一個知道的。」

徐小麗沉默了約有半分鐘，說：「這挺意外的。因爲我看你的舉止，像是有過很好的家教。比如剛才進來時幫我拉出椅子讓我坐。一般的男生不會注意到這樣的細節。我還想如果我遇到你媽媽，要問問她是怎麼教你的。照你這樣說，難道是沒人教你，你自己學會的？」

「這個我也不知道，」蘇舊笑說，「不過幫女生拉一下椅子什麼的，不是理所當然的事嗎？」

那之後蘇舊就開始和徐小麗定期約會，很有規律地兩星期見一次。像是從約會手冊上看來的一樣，兩人去看電影、滑旱冰、聽音樂會，結束後就到咖啡屋小坐。有閒聊的空檔時，兩人就各自說了說最近在職場發生的事，同事上司的閒話，或者關於興趣愛好的事。蘇舊注意到徐小麗好像有意避開某些話題，比如說她父母，穆尖。因此徐小麗不提，蘇舊也不主動說。每次去哪裡幾乎都是徐小麗計劃好的，蘇舊只是贊成和跟著去而已。約會了兩、三個月，蘇舊也沒有感覺到在戀愛。他沒覺得多喜歡徐小麗，只是感到好像在玩扮演情侶的過家家。

九月的一個週日，那天蘇舊和徐小麗去看了一場電影，是一個好萊塢科幻片。電影不是特別精彩，兩人從電影院出來後也沒就電影聊很多。那時他們約會了應該正好三個月。兩人並肩走在黃昏的馬路上，一側是車流，一側是店面。徐小麗忽然往蘇舊的方向靠了靠，右手牽住蘇舊的左手。蘇舊覺得有點奇怪，他並沒有想牽手的心情，所以也不知道徐小麗爲什麼想牽手。但他知道這時如果放手會傷害到徐小麗，因此勉強牽著，直到走到車站才放開。放開手的時候徐小麗往他臉上看了一眼，蘇舊沒有回看她，也不知道該說什麼。

又約會了兩個月，進入十一月，天氣已經涼了。這天他們又去看了一個畫展。出來的時候路過一個公園，徐小麗說想坐一坐，兩人就找了個長凳坐下。公園裡鋪著草坪，種著一些綠樹，中間有一塊地方立著單槓雙槓之類的運動設備，有一些中老年人在鍛鍊身體。還有幾個小孩，離他們十幾步遠，五、六歲的樣子，有男孩有女孩，笑著叫著互相追逐，像在玩什麼遊戲。

「要養一個小孩很難，要花很多錢，」徐小麗說。

「是嗎？所以呢？」蘇舊心不在焉地說。

「所以我們現在就要開始計劃存錢了。」

蘇舊聽了覺得很意外，他想了一下說：「你是在說你和我的小孩？」

「是啊，不然你以爲我在說什麼？」

「你想得太快了吧？我們連結婚的事都沒提過，」蘇舊笑說。

「也差不多該提了。我們交往馬上就要半年了。」

蘇舊看著嬉鬧的小孩想了一會兒。他感到有點內疚，他沒有多看好和徐小麗的交往，卻沒有當斷則斷，拖到現在讓她想了這麼多。

「小麗，你覺得和我在一起開心嗎？」蘇舊說。

「開心啊。怎麼，你不開心嗎？」

「我感到只是跟著你安排的時間表在走而已。」

「有安排不是很好嗎？我做所有事都是這樣的，要是有了一個目標，我就會安排達到目標的步驟，每個時期要做什麼，一步一步地執行，直到到達目標，這有什麼不對嗎？」

「也許你是對的。也許你這樣會很成功。但是人生不是這樣的東西。」

蘇舊說著停了片刻，又說了一句：「抱歉，我不能陪你玩了。」

說完他就站起來，自顧地往公園出口走去。

晚上他在家吃了晚飯，拿著一罐啤酒坐在沙發上，一邊喝一邊空洞地看著電視的時候，忽然手機鈴聲響起來。拿起手機一看，是徐小麗打電話給他。蘇舊愣了愣，按下通話鍵。

「下午你說了你想說的，我想我應該也有權利說一下我想說的，」徐小麗聲音冷淡地說。

「你說。」蘇舊拿著手機靠在耳邊，眼睛仍看著電視。

「我知道你說的那種生活，不就是任性、不負責任嗎？我太清楚了。我身邊就有這樣的人。就是我爸。他沒有正經工作，還喜歡整天和一批狐朋狗友來往，看著好像很瀟灑，其實是我媽和我在爲他吃苦。他可以和人喝酒喝得高興，就隨隨便便把我的學費拿去借給別人。我媽存那個數額的錢要做多少工，你能想象嗎？」

徐小麗的聲音忽然顯出一種異樣的腔調，好像是在哽咽。幾秒鐘停頓之後，她才恢復了正常的聲音，又說：「所以我很早就決定了將來不靠父母，要用工作自己養活自己。是，我是學了成功學。我需要給我指引人生的理論，因爲我的父母沒法告訴我這些，他們只給了我反面教材。我也希望我將來的伴侶是一個有理性的，對人生有踏實的安排，能跟我一起構建幸福人生的人。本來我以爲你是這樣的人。」

徐小麗停頓的時候，蘇舊說：「抱歉，我沒有想騙你，但我表面上的生活方式和我心理認同的生活不一樣。我也不知道爲什麼。」

「所以你實際想過的也是不負責任，很隨便的生活對吧？像穆尖一樣。」這是蘇舊第一次聽到她提這個名字。

「穆尖怎麼了？」

「你自己問他吧，你不是和他挺好的嗎？我沒有要怪你什麼，我只是後悔自己總是看錯人。

看錯穆尖，又看錯你。但是我不會改變自己的，我相信我的人生比你想的那種人生正確。我想說的就是這些。」

說完徐小麗就掛了電話，話筒裡傳出忙音。

接著的幾個星期蘇舊像以前一樣，每天加班到八九點回家，週日就在家打遊戲，也沒有空閒去想很多事情。徐小麗這樣退出了他的人生，他好像也沒感覺失去了什麼。

聖誕節的前一天蘇舊收到一封信，從渝州寄到他家，是費珊寫的。蘇舊就站在郵箱前的樓道裡撕開信封，拿出信讀了一遍。還是白色信紙上藍色圓珠筆寫的字，內容是這樣的：

蘇舊：

展信佳！

你收到這封信的時候應該是聖誕節前後了吧。你有向聖誕老人許什麼願嗎？

我最近在上晚班，晚上八點到凌晨六點，今天雖然不用上班，但大概身體時鐘錯亂了，晚上兩、三點也沒有睡意。半夜裡忽然想起來很久以前你給我寫過信，我還沒有回，所以乾脆起來給你寫這封信。

我回到了渝州，現在在給我媽打工。好像還沒跟你說過，我家是經營酒店的？總之一點酒店的經驗也沒有的我現在突然變成了酒店經理，手下要管一批打工的小妹。有很多要學的，每天都在吸收新知識。

說實話我對酒店管理一點興趣都沒有，但我媽說至少比在家閒著好，非要讓我去上班。我還在想往外地哪裡投投簡歷，要是哪裡要我，我就馬上離開這個地方。天下之大，難道就沒有我的容身之處嗎？

我和之前說的在上海的那個男生分手了。分手的情形可謂慘烈。但也沒什麼辦法，他心裡有了別的女人，無法回頭了。沉寂了三個月，自己也這樣那樣想了許多，也不知道為什麼自己會經歷這麼多無果的戀情。小學同學裡已經有人生了孩子了。

總而言之，我現在又開始找男友了。要是你認識的人裡有又帥又聰明的單身男生，記得幫我介紹一下哦。前程無錦繡，唯有君知我。

你的同學：費珊

讀完蘇舊把信塞進大衣口袋裡，進了屋後放在桌上。洗了個澡後，他又把信拿起來讀了一遍。讀完他把信收到抽屜裡，拿出一罐啤酒坐在沙發上喝了。一會兒他覺得昏昏沉沉起來，就在沙發上睡了過去。

11

春節一週的假期，蘇舊回了一趟渝州老家。這次回渝州很大一部分是因爲費珊在渝州。但蘇舊並沒有去見費珊的打算。他好像只要知道他和費珊在同一個城市，離得很近，街上的人流中彷彿可以看到她，就可以滿足了。如果見了，他反倒不知道什麼舉止合適。

還是他父親和子衿來車站接他。子衿挺著個大肚子，看著應該有七、八個月身孕了。回到家裡，蘇舊看到一間房裡放著一些給嬰兒的玩具衣物，便笑說：「已經預備了這麼多東西了？」

「那總不是等生下來後才去買的吧。你出生之前我和你媽媽也給你預備了不少東西，」他父親說。

這堆東西中蘇舊看到一雙粉色的面上裝飾著蝴蝶結的小鞋子，便說：「是女孩？」

「對。女孩挺好的。男孩太皮，很難養，」他父親說。

「我小時候很皮嗎？」蘇舊笑說。

「你不記得了？你小時候皮得不行，常常和別家的小孩打架，還讓人家家長到家裡來告狀好幾次。你是到初中的時候才突然靜了的。我都不知道你這轉變是怎麼回事。」

蘇舊聽了回想了一下，好像確有其事。蘇舊突然覺得那個小時候的自己對他來說像是別人一樣陌生。

初一初二還是跟父親和子衿去親戚家拜年。因爲這次有子衿在，在車上蘇舊是坐在後排。車從渝州的馬路上開過時，蘇舊臉朝窗外有意識地觀察路人，心想說不定能碰巧看到費珊。

在姑姑家蘇舊見到表哥。表哥剛在年前結婚，家裡還有剛掛上去不久的結婚照。表嫂看起來很殷勤，吃飯的時候忙這忙那的，一會兒給火鍋添料，一會兒到廚房拿東西，一直沒閒著。吃完飯親戚喝茶聊天，蘇舊看到一個空檔，表哥一個人在陽臺上，他就過去和他說了幾句話。

「沒想到你會這麼快結婚，」蘇舊靠著陽臺欄杆對他說。

「我也沒想到，」表哥用水壺澆著陽臺上的花，對面是另一棟居民樓的窗戶，「我這樣一個情場浪子，會栽在這樣一個小女子手裡。」

「我看她對你很好。」

「那都是表面。女人的心深不可測，看上去一個普普通通的女人，心裡裝著什麼東西，男人怎麼想也想不透。我這些年閱女無數，但還是不敢說理解女人。」表哥說著轉頭過來看著蘇舊，「給你一個忠告，不要急著結婚。能浪就多浪幾年。」

初三還是初四的早上蘇舊父親和子衿去見一個生意上的朋友，蘇舊沒什麼事，自己散步到他們高中附近，心裡還是同樣的念頭，不知會不會碰巧碰上費珊。只是想一想這個可能性他就覺得心潮湧動。本來要見到費珊並不難，蘇舊有費珊的電話號碼，多半一個電話就能約出來見面。但蘇舊不想那樣做。他原來不是不想見到費珊，而是不想因著自己的意思去見到費珊。他似乎在期待著一個超出他意願的巧合，把他和費珊拉在一起。如果不是這樣，他自己要求去見費珊是沒意義的。

要回廣州上班的前一天晚上，他給秦香打了個電話，秦香聽是他，問他在哪裡，蘇舊說在渝州。秦香說今年她聯繫了一些人，找不到大家都有空的一個時間，便沒有組織同學會。蘇舊說沒關係。沉默了兩秒鐘，蘇舊說：「費珊現在好像在渝州？」

「應該是吧，」秦香說，「她好像是六、七月的時候回來的。不過她回來後我們也沒怎麼聯繫，我只見過她一次。大家工作都挺忙的。今年春節我們也只是電話拜了拜年，沒見過面。你想見她嗎？要不我幫你約她一下？」

「哦，不用了，我明天就回廣州上班了。」蘇舊說。

「那你爲什麼不早點打電話給我？」秦香問說。

「其實我也不是那麼想見她。」

「是嗎？」

兩人又聊了幾句班上其他同學的事。蘇舊說他在廣州遇到徐小麗，秦香問徐小麗最近怎麼樣，口氣不是很感興趣的樣子。又說起穆尖還是沒消息。說了兩句後就掛了。

回到廣州後不久，蘇舊見了一次穆尖。這天在公司上班，蘇舊意外地看到電子郵箱進來一封新郵件，是穆尖發給他的。穆尖說要到廣州來出差，想順便見一下蘇舊。這時他們已經兩年沒有聯繫了，蘇舊也不知道穆尖現在在做什麼事。蘇舊回信答應。穆尖讓蘇舊介紹廣州的酒吧，蘇舊回說知道一家不錯的。

他們約了隔了一週的週四晚上見面。這天蘇舊向黃盛說明了原因，提早下了班，來到和穆尖約定的廣場。那時天色已經接近全黑，廣場上人很多，大概都是下班後或吃完飯後來閒逛的，在廣場周圍的燈光中，有的站著，有的兩、三個一夥在走動。蘇舊在廣場的石雕下看到了穆尖。穆尖穿著一件灰色的高領毛衣，一條牛仔褲，黑色頭髮三七分開，沒有染色也沒有上髮油，看裝扮彷彿還是學生，看起來沒有在做什麼需要光鮮亮麗的衣裳的工作。蘇舊記得穆尖大學學的專業好像是金融，但這裝扮顯然不是金融從業者的裝扮。

「好久不見。」穆尖看到蘇舊便微笑起來。

「是啊，兩年沒聯繫了，」蘇舊也笑起來說。「上次回渝州參加同學聚會，大家都說你消失了。」

「哎，一言難盡。先找地方吃飯吧。」

兩人找了間港式茶餐廳坐下，點了燒鴨和腸粉。

「所以你現在住在哪裡？」

「我一直都在北京啊，」穆尖說。他說「啊」字的時候，顯出一種特別的腔調，不是渝州的口音，也許是穆尖學會的北京腔。

「在北京找到工作了？」蘇舊問。

「算是吧。也不是什麼正經的工作，」穆尖用有點含糊的口氣說，「名號是網站編輯，其實幹的都是一些雜活。工資不怎麼樣，主要是能給我提供戶口，讓我能在北京呆下來。當然要找還可以找到更好的，我就覺得這個工作不累，讓我有時間做別的事。」

「是這樣啊。」蘇舊說，「你說的到廣州來出差是什麼事？」

「那個網站也有在辦線下的聚會，這次在廣州辦，我過來幫忙。機票酒店費用當然是公司出的。」

穆尖說著，把話題轉到一個名人上面，說這次辦事的時候有機會當面見到他，和他交談了幾句，然後介紹一下了這是什麼人，有什麼頭銜。蘇舊從沒聽說過這個人。

「當然我現在也算是在京城的文化圈裡混了，接觸這個級別的人的機會還挺多的。」穆尖用不以為然的口氣說。

穆尖問蘇舊的工作，蘇舊也想含糊過去，只說在互聯網公司寫代碼。穆尖問老闆是誰，蘇舊說了名字，穆尖哦哦地想了一下，說知道，是拿了一個誰的投資的。這個蘇舊都不知道。

「公司給了股票？」穆尖問。

「給了。」

「不錯啊，萬一公司上市，你不是賺翻了？」

「上市哪有那麼容易，」蘇舊笑說。

吃過飯兩人去酒吧。蘇舊在街上攔了一輛計程車，帶穆尖去江邊的一條酒吧街。到了那裡下車，前面路上都是酒吧，一家連著一家，每從一家門口經過時，都能聽到裡面低音音響的響聲。蘇舊帶穆尖進了一家之前他和同事來過的酒吧。

這家酒吧放的是藍調搖滾的音樂，昏暗的空間裡有些轉動的燈投下來回旋轉的光斑，二三十個坐著的人影隨著光斑的劃過忽明忽暗。兩人坐下後，女服務員上來點單，穆尖說第一杯來啤酒，要了一杯本地的「珠江」。蘇舊要了同樣的。

「我其實很少來酒吧，記得第一次進酒吧還是和你一起去的，在渝州老家，」服務員走開後，蘇舊說。

「哈哈，我記得那次。那時我也沒進過幾次酒吧，」穆尖說著轉頭觀察酒吧內部。酒吧裡比較搶眼的裝飾是一些外國路標和車的號碼牌。

「覺得這酒吧怎樣？」蘇舊問。

「不錯，很別緻。」穆尖說，「雖然比不上北京後海，廣州能有這樣的酒吧很不錯了。」

「後海的酒吧什麼樣？」

「這個你要自己去過才知道。那種氣氛只有後海才有。就說駐唱的樂隊吧，都是得能叫上名兒的才能在那裡唱。前段時間我約了一個人在後海一家酒吧喝酒，忽然覺得樂隊唱的歌挺耳熟，仔細一看那樂隊，原來是唐朝。」

穆尖說著忽然不動了，目光盯著一個方向。蘇舊順著那方向看過去，隔著兩、三張桌子，有一個女生，獨自坐在一張小桌邊，穿著西服西裙，應該是附近上班的白領，下班後直接過來的。蘇舊不知穆尖爲何看著這女生，正想問的時候，穆尖站起來，對蘇舊說了聲「等我一下」，就朝這個女生走過去。

蘇舊看著穆尖在那個女生對面坐下，兩人交換了幾句話，女生不知聽了什麼笑了一陣。說了兩、三分鐘，穆尖掏出手機，在上面按了按。接著穆尖又說了什麼，讓女生笑起來。然後穆尖站起來，朝女生擺擺手，女生也朝穆尖擺擺手。穆尖回到蘇舊這桌坐下。

「要到了電話號碼，」穆尖把手機放在桌上說，「下次再來廣州時也許能找她。」

「你現在經常向不認識的女生搭訕？」蘇舊問說。

「不是我想的，現在只要看到女生獨自坐著，就會很難控制自己不上去搭訕，不去就會像地上看到一百塊錢沒撿起來一樣，很難受，像他媽巴甫洛夫的狗。」

「你是《同級生》玩中毒了吧。」蘇舊笑說。

「哈哈，說起《同級生》，我跟你說，前段時間我又拿出來重新研究了一下，發現了一種同時追七個女生的攻略……」

穆尖和蘇舊聊了一陣《同級生》，基於上次同時追五人的攻略，把一個誰拿掉，改成另外三個誰，變成可以同時追七人。說的過程中喝掉了一杯啤酒，穆尖叫住走過的服務生，又要了一杯威士忌兌綠茶。遊戲的話題告一段落，正在沉默著的時候，蘇舊問了穆尖一個他今天一直抱著的問題：「現在你有固定的女朋友嗎？」

穆尖點點頭，沒有出聲回答，似乎不大願意提這事。

「是北京人？」

穆尖又點點頭，停頓了一下說：「我們現在住在一起。你應該知道北京有個中關村吧？我們在那附近租了間房。」

「什麼樣的女生？」

「不錯，人挺好的，」穆尖沒有表情地說，「我們住在一起，她付的房租，吃飯也是她付錢。」

蘇舊想了一下，笑說：「那就是說，她養著你？」

穆尖指了一下他放在桌上的手機說：「這個也是她買給我的。」

蘇舊注意到這是一款諾基亞的高端手機，價格應該不菲。

「她是不是挺有錢？」

「一般吧，」穆尖不以爲然地說，「在北京她家算不上有錢，只能說還過得去。眞的有錢的我交往過。有一個北京什麼局局長的女兒，我和她交往了兩、三個月。一開始我也覺得女朋友有錢的話自己會很有面兒，但後來就受不了了。」

穆尖說著停頓起來。蘇舊追問：「怎麼了？」

「我不是有錢人家出身的，」穆尖顯出少有的嚴肅表情，「我媽是擺攤賣麵線糊的，起早摸黑地幹活，一個月三、四千塊錢。那個女生穿的鞋是從德國訂製的，一雙鞋的錢比我媽幹一年掙的錢還多。她生日時我花了五百塊給她買了一樣禮物，她根本沒感覺。五百塊對我來說很多，對她來說連零花錢的零頭都沒有。這樣的女生我怎麼交往得來？」

「那她怎麼會和你交往了兩、三個月？」蘇舊問說。

「看我好玩吧。」穆尖說，「我也是想各種女生都接觸一下，所以陪她玩了玩。我的那些追女生的技巧讓女生上鉤，嘻嘻哈哈玩幾天可以，要長久發展得有硬實力，存款、家庭背景，這些我都沒有。他媽的，年紀越大越知道這些東西的重要。」

「那現在這個女生是門當戶對？」

「現在的也算我高攀。我基本上算是小城市窮苦人家出身的，北京本地的女生我找誰都是高攀了。但這個至少我壓力沒那麼大。」

「你會和她結婚？」

穆尖笑了兩聲，說：「你覺得我這樣的人會結婚？我現在二十四歲，等三十歲時我也許會改變想法。現在是不可能的。」

沉默了一會兒，蘇舊想起徐小麗的事，問說：「我們高中同學徐小麗現在也在廣州，你知道嗎？」

「是嗎？我不知道，我和她又沒有聯繫。」穆尖說。

「這次何不順道也見見她？」

「我追女生的原則，一旦分手絕不回頭。」穆尖說，「而且這都是多少年前的事了，我都不知道她記不記得我。」

「那時你是因爲什麼和她分手？」

「我是喜新厭舊的，你還不知道嗎？」穆尖不以爲然地說，「而且她的事也不能全怪我。有一次和她逛街，送她回家，她進了門我就走了，一會兒一個大叔追上來，說他是徐小麗的爸爸。他跟我說，和她女兒交往可以，不過要有覺悟，將來如果要結婚，我要準備十萬塊彩禮。要我自己掂量一下有沒有那個實力。我談戀愛就是在玩，哪有想過這些？所以就和她疏遠了。」

「如果她爸爸沒說那樣的話，你會和她交往下去？」

「難說。但如果她不能和我一起去北京，可能性不大。」

從酒吧出來大約是九點，兩人走到江邊，在小路上走了幾分鐘，吹吹風醒酒。黑色底色的江面上倒映著對岸的樓房的燈光，還有幾艘打著燈的輪船在緩緩行駛。

「你這樣挺好的，」穆尖忽然對蘇舊說，「掌握了一門技術，哪裡都能去，廣州也好，北京也好，有需求的地方就能吃飯。這樣也不用去算計那些複雜的人際關係，什麼幫什麼派，也不用去擔心那些排擠啊，背叛啊，挑唆啊之類的破事。你要是公司裡唯一能解決問題的那個人，你誰的臉色都可以不用看，不高興就不幹了，另找個地方，也沒人能拿你怎麼樣，這人生可不是太瀟灑了。」

蘇舊聽了沒有說話。

穆尖又說：「本來我也應該學一門技術的，但是大學的時間都花在混飯局搞關係上面了，上了四年學什麼有用的技能都沒學到，就學會記一些人的名字。媽的，這是什麼狗屁人生。」

「學會了技能，就是工具人了，一生都擺脫不了被人當工具用。要換一下你未必喜歡我這種人生。」蘇舊說。

沉默了片刻，穆尖問說：「你說如果一個沒有經驗的人要學編程，什麼編程語言比較好？」

「你想學？」蘇舊笑了一下說。

穆尖沉默了幾秒鐘，擺擺手說：「還是算了。」

路上開來一輛計程車，空車燈亮著，穆尖攔下來，沒和蘇舊打招呼就上了車，往前開走了。

12

三十六歲的蘇舊早上起來，疊了被子，洗臉漱口，換了一套便服。這是個週四，但是他今天請了假，因此不用上班。蘇舊很少請假，悠閒的週四早上對他來說是少有的體驗，上一次可能是英女王生日的時候。

蘇舊約了費珊到唐人街一家港式茶餐廳吃早茶。他開車到市內，停了車之後走到費珊的酒店。費珊已經坐在大堂等他了。費珊穿著一件海藍色的短袖衫和一條牛仔褲，腳上是一雙球鞋。走到面前，可以看出她臉上畫了淡妝，塗了口紅。

「今天就跟你走了。」費珊對蘇舊笑說。

兩人來到茶餐廳，在戶外的座位坐下。唐人街這一條街是個雙車道，兩側的餐廳大多在門口都擺了幾個戶外的座位。兩人坐下時，旁邊一張桌子的西人夫婦對他們哈嘍了一聲。

「這裡的老外都很熱情，喜歡跟不認識的人打招呼，」蘇舊說。

「挺不錯的。」費珊說。

「這家店雖然不是什麼高級餐廳，但是好像很受政府官員青睞。我上次就在這裡看到南澳州州長。我還跟他說了聲哈嘍，他也回了聲嗨。據說之前的總理吉拉德也常來這裡吃。」

「看來澳洲的政客都沒什麼架子。」

「澳洲的政客是真正相信他們自己是人民的公僕的。上班在國會裡辯論國家大事，下班走到街上就是一個普通人。就算是總理也一樣。澳洲人不會把這些人慣成高人一等的人。」

服務生走上來，蘇舊沒看菜單，直接點了蝦餃、牛肉丸、蒸排骨、鳳爪、腸粉，又點了一壺普洱。

「看來你對這家店的菜單挺熟。」服務生走開後費珊說。
「還是學生的時候在這裡打過兩個月工。」蘇舊說。
「你是哪一年來澳洲的？」
「我零九年來的，那時陸克文是總理。」
「那不就是我結婚的那年？」費珊笑了一下說。
蘇舊微微笑了一下，沒有回答，只是把目光看向馬路對面的商店。
＊＊＊
那年過完寒假回到廣州後，大約有一兩年，時間像是停止了一樣。每一天，每一週彷彿都在重複同樣的內容，上班、下班、吃飯、睡覺，每天蘇舊不需要想怎麼過，全按慣性走下去。雖然看電視看到有些新聞出來，同事間也會聊起一些新的八卦，但幾乎沒有發生過什麼事是讓蘇舊覺得驚訝，意外，或者激動的。有空閒時他就打遊戲。他打遊戲也不再找新的，只是把幾個老遊戲，《三國志》、《英雄無敵》、《文明》，反反覆覆地玩。所有關於感情的事彷彿也從他腦中消失了，他沒再對哪個女生提起過興趣，沒再答應別人給他的介紹，也沒再去過什麼提供特殊服務的按摩店。
有時想起來，他會覺得雖然活在這個世界中，他已經失去了和這個世界的聯繫。但他儘量不去想這些，姑且把所有失去的都當作不存在，讓自己像汪洋中一個孤島般漂浮在巨大的無中。偶爾在難眠的夜裡，萬般思緒會一起湧進他腦中，讓他忽然想要掙扎，想要抵抗時間的流逝，但在天亮之前他會全部打消它們，在起床時不留下痕跡，不留下任何一點需要和人說的感悟。這樣他就只有最簡單的生活。

然後到了這一年入冬的時候。那段時間剛有奧運會，金融海嘯的事鬧得紛紛擾擾。這天下班大約八、九點的時候，晚飯已經在公司吃過了，蘇舊從公司裡出來，走路去超市。因爲廚房裡的燈泡壞了，他要去買一個換的燈泡，順便看看有沒有其他要買的東西。走到一半的時候，他忽然想到那一年和費珊看燈會的公園就在這附近，不知爲何，他很想走過去看看。於是他就從路口拐彎去了公園。

這個時間公園裡已沒什麼人，藉著路燈可以看看到便道上有四、五個行人在走，被路燈照出一部分輪廓。蘇舊從一個個路燈下走過去，忽然間留意到對面有個人走過來，身影顯得有些熟悉。兩人距離只有一米遠的時候正好在一個路燈下，蘇舊朝這人臉上看過去，這個人也看蘇舊。那一瞬間蘇舊以爲時空倒錯了。這個人是費珊。她的髮型和化妝方法讓她顯得和蘇舊幾年前看到她時有些不一樣，但看這標誌性的神情，是費珊無疑。在蘇舊腦中，這一刻的時間和看燈會那一年的時間連結上，中間的五年時間就像是沒發生過似的。

兩人面對面站著，互相看著對方的眼睛，大約有十秒鐘誰都沒說話。然後蘇舊笑了一下，說：「你怎麼會在這？」

「啊，是這樣的，我這兩天在廣州出差，白天和客戶談生意，晚上沒什麼事就出來轉轉。沒想到會在這裡碰到你，眞巧啊。」說著費珊笑了一下。

蘇舊想這個巧合眞是有點不同尋常，中國那麼大，他們竟然能在老家以外的某個街頭偶遇。他想了一下說：「你要是沒什麼事，我們找個地方坐坐聊聊吧，這麼難得能在異鄉偶遇。」

費珊遲疑了一下說：「好啊，我反正是沒事。不過你沒事嗎？本來你要去哪？」

「我本來是要去超市買個燈泡，家裡廚房的燈泡壞了。不過明天再買也沒關係。」

「那好啊。」

蘇舊知道公園旁邊有一間咖啡屋，就和費珊一起往公園外走去。進了咖啡屋找位子坐下，蘇舊要了一杯奶茶，費珊要了一杯橙汁。有一兩分鐘兩人都沉默著沒說話。蘇舊本以爲費珊會問他這兩年過得怎麼樣啊之類的，沒想到費珊先開口說話，說的卻是別的。

「你最近有看電視嗎？我在追一部連續劇，可好看了，裡面的男主角可帥了。」

費珊笑著說，然後她給蘇舊描述了一下這個電視劇，什麼劇情，幾個男性角色的性格特點，演男主角的演員現在在網上有多火。蘇舊沒看過這電視劇，因此也沒什麼可插話的，只是聽她說。說了大約有十分鐘，說完最後一點，費珊往椅背上靠了靠，側頭看向一旁，略略顯出疲憊的表情，說：「最近的生活也挺無聊的，雖然說二十六、七歲的人還在追星算個什麼事，但白天處理生意上各種瑣事累得要死，也只有晚上追追劇來解壓。」

蘇舊決定先問這個問題：「你這兩年過得還好嗎？」

「不太好。」費珊搖搖頭說，「我家的生意出了麻煩，這幾年各種打官司。我媽卷進一個傳銷組織裡面，她向親戚借了錢投進去，後來那個組織被政府打掉了，投的錢一分都收不回來。被親戚追債追了幾個月，後來終於決定把我們在三亞一套房子賣掉還債。然後有點法律上的問題，我媽不能再當公司的董事長，就叫我頂替她。所以我就一夜之間忽然變成了女老闆。這可和我當初上學時計劃的人生未來完全不一樣啊。」

接著費珊跟蘇舊介紹了一番那個傳銷組織是怎麼回事，一開始用什麼口號集資，後來怎樣被警察打掉。

蘇舊全部聽完後說：「有什麼我能幫你的嗎？」

「蘇舊，我不是當初你那個高中同學了，」費珊笑了一下說，「我變得很複雜，你不會懂的。」

蘇舊想了想說：「你現在有男朋友嗎？」

「現在我狀態不太好，也沒怎麼想找對象。前段時間有個朋友，已經結婚了，因爲一點事跟他見過幾次面，有一天他示意我說他想爲我出軌。我狀態雖不好，但還沒有失去理智。其實有一個人我覺得不錯的，是大學同學的哥哥，今年三十八歲，離過婚，帶著一個五歲的小孩。我想和他處處看。雖然說離過婚有點不好聽，但我這條件能有這樣的已經很不錯了。」

這中間又有一分鐘兩人誰也沒說話，然後費珊又說：「現在想起來小時候的自己是挺狂妄無知的一個存在，不知天高地厚，不知自己有多少斤兩，就覺得自己什麼都可以做，給我個梯子我就敢往上爬。在社會上滾爬了幾年，無數次被教訓，才發現自己不是自己想象中的無所不能。人還是應該知道想象和現實的區別。」

聽到這裡蘇舊忽然發現了費珊這一晚上說的話的脈絡。費珊很清楚地想要表達一個和他們兩人的過去有關的什麼，這個什麼她無法說出口，只是想暗示給蘇舊。蘇舊察覺到這是什麼，但是他也沒有勇氣點出來。這也是他不能說的。於是又有一兩分鐘，兩人沉默著沒說話，都側頭看著外面夜幕中的街道。

忽然費珊看向蘇舊說：「對了，那時你好像跟我說你有一個表哥，你爸爸叫你學他你故意不學什麼的。你那個表哥現在怎麼樣了？」

「他現在混得不太好。他大學畢業後考了公務員，在省裡一個部門裡做事。但他不太會搞人際關係，得罪了他們領導，前年被調到去做一個沒前途的閒職，現在挺鬱悶的。」
「那你可高興了吧？」
「沒有。自從得知他混得不好，我忽然開始尊敬他了。我忽然想從新開始學習他的優良品質。」
「你這人眞有點奇怪。」費珊笑了兩聲，抬腕看了一下手錶，說：「好吧，我差不多也該回去了，明天早上還要早起去開會，今天不能太晚。」
蘇舊轉頭叫服務生買單，費珊把她的份的紙幣和硬幣放在桌上。兩人走到咖啡屋外面，蘇舊問費珊住哪個酒店，聽清和蘇舊回家是不同方向後，兩人便在路口道別。揮手道別的那一刻，蘇舊有一句話很想說出來，但看這氣氛也不是說的時候了。於是他只是看著費珊轉過身往前走去。
接著的春節，蘇舊抱著一種不安回到渝州老家。子衿已經生了孩子，幾個月大的小孩常常在家哭鬧。蘇舊等了幾天，沒有人聯繫他，他才自己打電話給秦香。他先問今年有沒有同學會，秦香回答說她沒組織。然後蘇舊問有沒有費珊的消息。
「她結婚了哦，」秦香說。
「是嗎？什麼時候？」蘇舊用不以爲然的口氣說。
「上個月，我參加了她的婚禮。她沒邀請你嗎？」

「沒有。我和她也沒什麼聯繫。」

掛了電話，蘇舊忽然想起那年寒假在廣州，和費珊去看燈會，從玻璃門的倒映裡看到的兩個人站在一起的幻影。

＊＊＊

「你記得我們高中的班長穆尖吧？」蘇舊對費珊說。兩人站在沙灘上對著大澳洲灣的海面，視野中除了海和天外，還有幾隻海鷗在飛。

「穆尖怎麼了？」費珊轉頭看了蘇舊一眼，幾縷頭髮被海風吹動著。

「我那時和他關係不錯，經常和他聊打遊戲的事。他喜歡一個叫《同級生》的遊戲。同級生在日文裡是同學的意思。在那個遊戲裡要扮演一個高中男生去追女生，可以追的女生有十二、三個吧，有的是同學，有的是社會上的人。穆尖研究出了一種攻略，可以同時追好幾個女生。他很得意地把攻略抄給我，想讓我也試試。」

「同時追好幾個女生？那有什麼好的？」

「在他看來，追女生是一種事業。他追女生是像解題一樣，認為有一個答案，找到了就能追到女生。所以追到的女生的數量，是對解題能力的證明，是可以炫耀的事情。他不僅在遊戲裡有攻略，他在現實裡也看了很多心理學的書，用在現實中的追女生上。」

「難怪我一直覺得他怪怪的。」費珊笑了一下，又說：「那你對追女生是什麼看法？」

「我覺得穆尖的想法也沒什麼錯，如果眞能靠攻略追到女生，想必也會很讓人羨慕。但我自己不想過那樣的人生。如果有一份追女生的攻略擺在我面前，看了就能追到女生，我寧願不看。因爲在感情這件事上，我並不想贏。攻略從來是教人贏的，沒有教人輸的。我不想贏的話，攻略對我就毫無意義。」

「那如果你喜歡上一個人，你會怎麼辦？」

「我不知道。」蘇舊笑了一下，還想補充一句什麼，但馬上決定這就是他的全部答案。

「你的想法也夠奇怪的，」費珊笑了一下說。

兩人在一家窗戶外能看到海的餐廳吃了飯。這家餐廳的海鮮拼盤有蝦有海蠣有章魚，大概都是附近的漁家在海裡打的。吃的時候費珊說她已經和那個農場主談好了合約，可能明年五月就能來接手他的農場。

「我想養兩匹馬，再養幾頭牛，幾頭羊。再養些雞。」費珊說。

「看來你很期待農場生活啊。」蘇舊笑說。

「和人打交道眞是厭倦了。認識的人越多，越喜歡動物。這幾年最安慰我的可能就是我家那兩隻貓吧。兩隻貓一隻叫大黃，一隻叫小灰。大黃霸氣，小灰乖巧。」

費珊拿出手機給蘇舊看貓的照片，又講貓的故事，說大黃怎樣離家出走過了三天才回來，說小灰怎樣和鄰居的狗打架。

「到了現在，對那個人唯一還保留的好感，大概就是一起養了這兩隻貓這件事了。」費珊忽然用冷淡的語調說，指的人應該是她前夫。

吃完飯蘇舊開車兩人又回到城裡，蘇舊帶費珊去市中心的農場品集市轉了一圈，又去商業步行街逛了逛，看看大商場、品牌專賣店。這座小城也沒有什麼稱得上是景點的地方。

「你要是還有一兩天時間，我可以帶你去國家公園，那裡面到處是袋鼠考拉。」走到步行街一頭時蘇舊說。

「下次吧，這次應該沒時間了，」費珊說。

天色還早，蘇舊說可以去打檯球或者唱歌，費珊想了一下說去唱歌吧。兩人就來到附近一家唱歌房。這邊的唱歌房大多是華人開的，顧客也是華人居多，因此唱歌系統也是中文的，和國內的唱歌房沒有兩樣。兩人訂了個小房間進去，裡面只有一張長沙發，兩人各坐一側，隔著半個人的空位。唱了幾首歌都是老歌，蘇舊唱周杰倫的，費珊唱孫燕姿的。

然後費珊唱了兩首新歌是蘇舊沒聽過的。有一首叫《演員》的歌費珊似乎唱得特別動情，唱到「其實感情最怕的就是拖著，越到重場戲越哭不出了」，她左手抓住蘇舊放在沙發上的右手。

蘇舊感到了一種曾經熟悉但忘卻已久的感覺。一直抓著費珊的手到她唱完，蘇舊忽然想要唱一首歌，羅大佑的《戀曲一九九〇》，就點起來唱。「或許明日太陽西下倦鳥已歸時，你將已經踏上舊日的歸途……」

唱完歌出來，外面已是傍晚時分，路燈亮了起來。澳洲很多商店下午五點就關門，這個時間的街道常常是冷冷清清的樣子。

「找個地方吃飯？」蘇舊說。

「帶我去吃點好的，我很餓了。」費珊笑說。

「那我帶你去吃澳洲牛扒。」

蘇舊帶費珊穿過一條小巷，來到相鄰的一條街上，這裡有幾家酒吧。澳洲的酒吧不單可以喝酒，很多也提供飯菜，最常見的菜就是牛扒。兩人走進一家門口看板上寫著牛扒的酒吧。一進去鬧哄哄的音樂聲和大聲交談的說話聲響成一片，蘇舊和費珊穿過站著喝酒說話的人群，在窗邊一張空桌坐下。問費珊要喝什麼，費珊說啤酒。蘇舊就走到櫃檯邊點了兩份牛扒兩杯啤酒。調酒師馬上從出水口打了兩杯啤酒給蘇舊。

蘇舊拿著兩杯啤酒回到座位，一杯遞給費珊。費珊和蘇舊碰了一下杯笑說：「謝謝你的接待。」

「不用客氣。」蘇舊笑說。

費珊喝了一口啤酒，在酒吧裡掃視了一圈說：「這些人都是下班過來的吧？」

「對，應該都是附近上班的人。澳洲年輕人沒什麼娛樂，只知道下班到酒吧喝酒聊天，不像我們可以唱歌，洗腳，打麻將。」

費珊轉頭看向窗外，沉默了片刻說：「我想起來那年我從上海回渝州時給你寫了一封信，說了我和男友分手的事。我還以爲你讀了那封信很快會來找我。」

「那時確實挺想去找你的。」

「我後來聽秦香說，那年春節你回過渝州。但是你沒有來找我。你知道我那時在渝州吧？」

「知道。」

「那爲什麼不來找我？」

「因爲害怕。」

「害怕什麼？」

「那時我的小命就在你手上，你的一句話就能決定我的未來是天堂還是地獄，我怎麼能不害怕？」蘇舊笑了一下說。

「那現在呢？」

「現在不怕了。」

「爲什麼？你不在乎我了？」

「不是。現在我的命還是在你手上，但同時也是在自己手上，我就不怕了。我用了十年時間學會了這個技巧。我現在掌握了自己的命，我掌握的就是在你手上的命。你的就是我的，我的就是你的。」

「你還挺會說胡話的。」費珊微笑說。

吃了牛扒從酒吧出來，費珊說她回酒店了，和蘇舊停車的停車場不是一個方向，兩人就在路口道別。

「後天我自己去機場，你不要來送我。」費珊說。

「好啊。」

「下次見面可能是五月的時候了。」費珊又說。

「嗯。」蘇舊點點頭。

13

那個春節得知費珊已經結婚，蘇舊就決定了該著手去澳洲的事了。他看了一下存摺上的存款，已經夠他去澳洲上兩年學的費用。然後他用了兩個星期時間，每晚回家後就上網找大學的資料，最後決定試試申請南澳州的一所名聲不錯的大學。這期間他又去考了雅思，結果出來平均分超過六分，達到了進大學的需要。他感到離南邊那個乾燥的荒漠不遠了。

他和他父親在電話裡談了一次。這是他第一次跟他父親說起出國的想法，他父親一開始很意外，但很快表示理解。

「你從小就是一個很獨立的小孩，什麼都是自己決定自己做，我不驚訝你會想出國。」

沉默了片刻，他父親又說：「你到了澳洲，那邊當然經濟比較發達，你可以賺比較多的錢。不過如果你想在政治上有什麼作爲，那基本不可能了。你是二十幾歲作爲一個成年人過去的外國人，人家不會讓你進他們的核心圈子的。當然這也未必是壞事，不捲入政治，很多事就跟你沒關係了，你可以專心賺錢過小日子。」

「你本來是希望我在政治上有作爲的嗎？」蘇舊問說。

「你老爸我一直是很有政治抱負的，只是時運不濟，沒有碰上欣賞我的領導。所以這麼多年忙忙碌碌也沒做出什麼大事。這就是孟子說的，達則兼濟天下，不達則獨善其身吧。我沒有給你積攢什麼政治資本，你想留在國內搞政治也沒什麼優勢。你也不想搞。你對電腦那麼著迷，就在電腦裡面搞搞技術，能賺錢養家就很不錯了。」

「我也是這麼想的。」蘇舊說。

申請大學的手續還算順利，把材料寄過去，不久大學就給他發了錄取通知。蘇舊就拿著錄取通知去辦簽證。簽證下來的第二天蘇舊去向黃盛提交了辭職信。

「公司很快要上市了，你現在走損失很大喔。」黃盛笑說。

「該走就得走，時間不等人，錢嘛，以後有的是機會賺。」蘇舊說。

蘇舊從廣州機場上了飛機。他的飛機先從廣州飛巴東，再從那裡轉飛阿德萊德。飛往阿德萊德的過程中，飛機進入澳洲的土地上空，機長用機內播音說：「我們下面就是澳洲的土地。」蘇舊坐的是靠窗的位子，聽了就打開遮陽板往下面看下去。

他看到一望無際的土地，黃褐的泥土色底色，中間點綴著一些綠色的斑點，應該是零星生長的植被。上百公里鋪開的土地上沒有建築，沒有公路，沒有水的痕跡，乾燥的表面彷彿毫無生機一般。

「這次真的來到荒原了。」蘇舊對自己說。

當然飛機接近機場時，地面上還是出現了城市的風景，在公路分開的格子裡密集地排著人工建築，大部分是紅色房頂的民宅。下了飛機，從機場搭計程車去旅社的路上，雖然沒看到什麼高樓大廈，但路兩旁一直都有房子，沒什麼荒地。現實一點想的話，蘇舊也不會眞認爲一座有三所國際大學的城市會很荒涼。

那時是七月的時候，南澳是冬天，天氣陰冷。蘇舊在開學前兩週來到阿德萊德，用這段時間找了房子。一開始他是住在青年旅社，按天結算房錢。然後他看廣告找到一間出租屋，一棟房子裡四間屋子，他租了其中的一間。房間不大，一張床和一套桌椅之外幾乎沒多餘的空間，但好處是房子的地點不錯，在市區圈裡，離學校也近，可以走路上學。

阿德萊德不算是繁華的城市，但在市區圈裡還是有一些高樓的，有的是銀行，有的是大公司的南澳分部。也有一條中央商業步行街，街上有三、四個大商場和許多商店。和步行街相鄰的是酒吧街，一條街上都是各式酒吧、咖啡屋、餐館。市區圈內還有一條唐人街，裡面有各種菜系的中餐館、華人超市、書店、甜品店。這些都是蘇舊後來才逐漸發現的，住進出租屋的第一週，蘇舊哪裡也沒去，只是在房間裡睡覺和打遊戲，慢慢接受已經來到國外的現實。那間房子有對著街的窗戶，拉開窗帘可以看到便道上的景觀樹，在清冷的天氣中也是綠色的。

在廚房做飯的時候，免不了和另外幾個租客碰頭。除蘇舊以外的三個租客也是各租一間，兩個女生，一個男生，都是中國留學生。蘇舊一開始就打定主意不想和室友太靠近，而他們似乎也抱著同樣的想法。因此除了在廚房碰到打個招呼之外，蘇舊沒和他們有什麼交流。

蘇舊上的這所大學有一百多年歷史，因此校園裡有一些很老式的西式建築，比如圖書館，還是上世紀早期的英國建築風格，有雕花的柱子和門廊。下課的時候蘇舊會在校園裡逛一逛，坐在一棟古建築旁邊吃當作午餐的三明治。他喜歡這些老式的西式建築，坐在旁邊，他會感到在時間和空間上都來到了另一個地方。

這所學校有很多中國人留學生，特別是他學的IT專業，更是中國留學生聚集的地方。他上一門資訊安全課，課上三十個學生，有一半是中國人留學生。不過看這些中國學生，很多相貌都在二十出頭的樣子，大概是大學畢業直接出來讀碩的。和蘇舊一樣，工作了幾年出來，年紀在二十五歲以後的，看來只有三、四人。蘇舊跟這些沒工作過的小年輕自然是隔著一層，他們結伴去吃飯去玩，蘇舊也不會去摻合。跟年紀大的這幾個人，蘇舊也不會輕易去接近他們，這年紀出來上學的，總讓人覺得是不是在國內出了什麼難以言說的事。

只有一個人，蘇舊覺得或許可以接近。這是一個叫趙歡的男生，和蘇舊應該差不多年紀，看上去很開朗，和人說話不到三句就會笑起來。這個人讓蘇舊想起高中時的班長穆尖。蘇舊經常注意到趙歡上課前或下課後和旁邊的人搭話，不管旁邊的是中國人還是別國的人。但這時趙歡還不認識蘇舊。

上了六週課，一學期的期中假過去，又回到學校時，蘇舊才開始考慮接近趙歡。這天這門課上到正午，下課後蘇舊看著趙歡往教室外走，便跟上去，走在他後面四、五步遠的地方。趙歡走出教室樓，一直走到學校的學生食堂，買了一份墨西哥夾餅和可樂，在一張大桌邊坐下。蘇舊便走過去，在他對面坐下，從背包裡拿出他的三明治。

「噢，哈嘍。」趙歡認出了蘇舊，但他還不知道蘇舊的名字。

「哈嘍。」蘇舊回應。

「我見過你幾次，我們分佈系統和網絡安全是一起上的對吧。你是中國人？」趙歡說。

「是啊。」

「我看你的氣質，還以爲你是日本人，所以沒和你搭話。」趙歡笑說，「你是中國哪裡人？」

兩人聊了一陣了老家的情況，又說了畢業的大學。趙歡說他畢業後在國內一家汽車公司做銷售，做了五年，覺得往上發展的空間不大，所以決定出來深造。蘇舊說他出國之前在一家軟件公司做開發。

「那你一直都是同一個專業的了？本科也是計算機，工作是程序員，現在讀碩又是IT。」趙歡說。

「我對這個專業還挺滿意的，沒想過要換。」蘇舊說。

「是啊，這麼好的專業幹嘛要換。我現在都後悔本科沒報計算機專業了。那我們上這些課的內容，對你來說是小意思了？」

「多少都有學過。」

「那你一定要多多指教啊，我這種半路出家的真不行，太多不懂的了。」

趙歡拿出手機和蘇舊交換號碼，說作業有問題時想請教他，蘇舊乾脆地答應了。

過了期中假後天氣就漸漸熱起來，蘇舊到賣便宜貨的商場買了一件連帽衫，本地的西人青年常穿的，去上學或是去打工都一直穿著，穿了三、四個星期，直到換成短袖衫。這段時間裡他在網上看了不少澳洲公司對IT人員的招聘啟事，瞭解了他們需要的技能，然後給自己排了剩下的三個學期的課程表，只選對求職有用的課。他已經決定畢業後一定要在澳洲留下來，不會再回去中國了。

此外他打了兩份工，把法規規定的留學生二十小時打工的限額打滿。兩份工都是在唐人街的中餐館，一來是他們招工的需求多，二來是同在市區圈裡，走路可以上班的距離。這時他還沒有車，在市區圈外的工作難以考慮。缺點是工資比較低。老闆知道很多中國留學生語言不行只能在中餐館打工，把工資壓得很低。但是即使這樣一週下來蘇舊也能賺差不多兩百澳元，夠付房租和飯錢了。

在上學和打工之外，蘇舊幾乎沒有任何社交。空著的晚上，他就在出租屋裡打遊戲，一局一局地打《文明》或者《魔獸爭霸》。

大約是十月裡的一天，他們離學期結束還有兩週的時候，這天下課，趙歡靠上來向蘇舊搭話說：「蘇舊，晚上有什麼安排嗎？」

「沒有，準備在家打遊戲，」蘇舊回答。

「打遊戲算什麼事，遊戲什麼時候都能打的。晚上我準備請幾個朋友吃飯，你也一起來吧。」

「請吃飯？是有什麼事嗎？」

「沒有沒有，就是想大家一起吃個飯，聊一聊。」

「好啊。」蘇舊答應說。

趙歡選了一家在市區圈西邊的一家韓國烤肉店。蘇舊看錯地圖，比約定的時間晚到了十五分鐘，進去之後，看到趙歡和他朋友都來了。他們坐一張六人桌，除了趙歡之外還有兩男一女。

「這是我在阿大的同學，蘇舊。」蘇舊坐下後趙歡對他朋友介紹說。

蘇舊看到趙歡的朋友帶了禮物模樣的東西，三個包著彩色包裝紙的紙盒擺在桌上，一問原來今天是趙歡的生日。

「你應該和我說啊，我沒準備禮物太尷尬了。」蘇舊笑說。

「哎，不要在意這種事，我生日不生日的不重要，今天就是想請大家吃個便飯聚一下。」趙歡擺手不以爲然地說。

他們先從這家韓國烤肉說起，聊了一陣阿德萊德的餐館的事，四川菜要到哪家餐館，泰國菜要到哪家餐館。因爲都有在餐館打工的經驗，可以說一些內幕消息，某某日本料理的老闆是中國人之類。說的過程中蘇舊聽出來那兩個男生是趙歡讀語言學校時的同學，那個女生是趙歡的親戚。男生一個叫小刀一個叫肯特，當然都是花名。女生名叫雪莉，大約二十出頭，一問起來是在南澳大學學醫護的大學生。

雪莉也問了一下蘇舊的情況，蘇舊說自己在國內做過幾年程序員，現在是趙歡的同學。趙歡接過話說他們一起上一門訊息安全的課，課上有教人如何破解密碼。肯特說想盜用一個人的QQ密碼有什麼方法，趙歡說這個課上沒教，轉頭問蘇舊怎麼樣。這類問題蘇舊正好大學時都研究過，就給他們列舉了五種盜取QQ密碼的方法和防範措施，他一開始說一桌人就都不作聲地聽著。

「有這樣的高人在，下次QQ被盜了，就有人可以找了。」聽蘇舊說完肯特說。

「QQ被盜還是先和騰訊客服聯繫比較好。」蘇舊笑說。

「蘇大哥這麼厲害，有空時能不能請教你電腦的問題？」雪莉說，「我們這學期也有電腦課，我都搞不懂，怕是要挂了。」

「可以啊，」蘇舊乾脆地答應。

雪莉拿出手機和蘇舊交換手機號。隨即雪莉又讓蘇舊把QQ號短信發給她。蘇舊照做了。收起手機雪莉又問說：

「蘇大哥有女朋友嗎？」

「沒有。」

「那你想不想找？」雪莉說著看著蘇舊的眼睛亮起來，「我可以給你介紹我認識的女生。你有什麼條件嗎？」

「我才來阿德不久，先讓我適應一下這裡的環境。女朋友的事我不那麼著急。」蘇舊笑說。

「這樣啊。」雪莉說。

一邊在鐵板上滋滋滋地烤肉的過程中，幾個人又聊了一陣澳洲的簽證的事，說要拿永住什麼什麼可以加分。蘇舊還沒有想到那麼遠，他的計劃只到畢業後拿工簽那裡，沒想到同齡人已經在想永住了。所以這樣的聊天對他也不是沒有益處。

第二天蘇舊打開QQ的時候發現雪莉加了他好友。蘇舊有好幾個QQ號，有工作用的，有和親戚聯繫用的。他給了雪莉的是個備用號，以前基本沒什麼用，出國後拿出來用，專門加在國外認識的朋友，其它的號反而不再用了。

臨近考試週的時候雪莉讓蘇舊輔導了她兩次，在QQ上給她講電腦的問題，每次都講了一兩小時。考完試後雪莉說想請他吃飯表示感謝，蘇舊推辭了一下，雪莉堅持，蘇舊便答應了。

他們約了在唐人街上的一家日本料理吃飯。到了那裡蘇舊有點意外，雪莉不是一個人來的，而是帶了另一個女生。雪莉介紹說這是她的同學名叫薇薇安，兩人在國內就是朋友，又幾乎是同時來到澳洲的。兩人都是高中時出來的。三人坐下來點菜吃飯，兩個女生聊了一些國內的影視劇明星和流行歌手的事，又聊起學校裡同學老師的八卦，蘇舊一直沒插話地聽著。她們又說想給蘇舊找女朋友，說學校裡的誰可以，蘇舊對這件事並不熱心，含糊地應對過去。

吃完要結帳的時候，雪莉掏出錢包打開一看，叫了一聲說：「哎呀，昨天忘記取錢了。」又轉向薇薇安說：「你有沒有二十塊？」薇薇安也掏出錢包打開看了看，說沒有只有五塊。雪莉就用求助的眼神朝蘇舊看過來。蘇舊說：「沒事，我來付吧。」

蘇舊錢包裡一直都有五、六十塊錢，預防意外。他用這錢付了帳。走到門外，雪莉雙手合十對蘇舊說：「太抱歉了，我說要請你的，結果讓你付了帳。真的不是故意的，是真的忘了取錢了。下次一定請你。」

蘇舊擺擺手說了一聲沒事。他一點沒覺得這有什麼，本來他就很樂意請女生吃飯，這種家常便飯他還請得起。蘇舊讓她們回家路上小心，就自己往出租屋走了。

澳洲的大學的暑假很長，從十一月開始有三、四個月。蘇舊給自己一排時間表，除了打工的二十小時以外，他還有很多時間。他忽然想用這個時間去學開車，因爲在南澳生活了半年，也知道了開車的重要性。他就按網上的說明資料去考了筆試，拿到學習駕照，然後就聯繫教練。一個教練說華語的，可能是個馬來西亞華人，說他的課是二十個課時，學完保證能考過路考，考不過的話考試費他出。蘇舊看價格還算合理，就報了他的課。於是他每週學三小時開車，期望著在暑假結束前拿到小車的駕照。這段時間他閒了就在網上看二手車的廣告，瞭解小車的行情，彷彿也是一種消遣。

進入十二月的一天，這時南澳的天氣很熱，蘇舊不管出門在家都穿短袖短褲，腳上踩一雙拖鞋。這天晚上在家沒有什麼事，蘇舊吹著風扇坐在桌前玩《文明》，忽然響起QQ的消息音。他打開一看，是一個他不認識的人要加他好友，頭像是個長髮女生，名字叫「小鈴」。蘇舊沒多想地點了同意。

「在幹嘛？」加了好友後小鈴說。

「打遊戲。」蘇舊打字回覆。

「什麼遊戲？教教我，我也想打。」

「估計女生不會喜歡這個遊戲。」

「那倒未必，我現在挺無聊的，什麼都想試一下。」

蘇舊給她發了一個下載《文明》的鏈接。兩分鐘後小鈴回覆：「哦，這個遊戲我玩過，我前男友挺喜歡的。」

蘇舊沒有回答。一分鐘後小鈴又說：「在阿德？」

「是啊。」

「有沒有興趣見個面？」

蘇舊想了一下回說：「我不隨便見不認識的人。」

「我是雪莉的朋友。」小鈴回說。

哦，原來是這樣。蘇舊心想。他回說：「那你說個時間地點。」

「今天有點晚了，明天我想一下和你說。」

發完這條消息，小鈴的頭像就變成黑白的，看來下線了。蘇舊忽然覺得有點在意，點開她的頭像看了一下她的個人資料。名字是「小鈴」，年齡「十九」，所在地是「蘇格蘭」。自我介紹裡寫了一句話：「寧願天天下雨，以爲你是因爲下雨不來。」

14

蘇舊提早十分鐘來到了約定的咖啡屋，點了一杯奶咖，坐到靠窗的一個座位。這家咖啡屋在步行街東側的餐館街上，有室內室外的座位，這時下午三點，室外遮陽傘下的五六個座位幾乎都坐滿了，室內倒沒什麼人，店裡的喇叭放著一首鄉村音樂。蘇舊看著窗外走過的行人，心裡猜想著這個「小鈴」長什麼樣。

過了約定時間十五分鐘，一個穿著連衣裙的女生走進來，看到蘇舊，就徑直朝他這桌走過來，坐在他對面。這是小鈴無疑，中國南方女生的臉型，二十小幾歲，裙子是黑色的，右手戴著銀色手鐲。她坐下時對著蘇舊擺擺手表示打招呼，但臉上並沒有笑容。

「要喝點什麼？」蘇舊微笑說。

「你請？」小鈴沒有表情地說。

「我請。」

「好啊，那我不客氣了。」
蘇舊跟著小鈴到櫃檯點了一杯卡布其諾，拿著回座位坐下。
「你是學生？」蘇舊說。
「對，我在南大學醫護。」
「哦，那你和雪莉是同學了？」
「算是吧。」
「你一個人在澳洲？沒有家人親戚在這裡？」
「沒有。」小鈴停頓了一下，眼睛朝下看又說：「之前有個男朋友，半年前分了。」
「爲什麼分了？」
「他要回國，我不想回去。」
「哦，是這樣。」
蘇舊一時也不知該再說什麼。兩人沉默了大約有一分鐘，小鈴忽然看向蘇舊說：「我就直接跟你說吧，我現在缺錢，你如果想和我上床可以隨時來找我，不過是收費的。」
蘇舊怔了怔，問說：「什麼意思？」
「這還不明白？就是說你可以隨時來找我跟我上床，一次一百澳幣。我就是做這個的。你現在也沒有女朋友，不會有負擔吧？」
蘇舊不禁重新打量了一下坐在面前的這個女生。雖然說不上是百分百標準的美女，但長相算不差，眼角間有一種嬌媚。一百澳幣就能和這個女生上床？蘇舊直覺地心想，是不是太便宜了？
「你靠這個爲生嗎？」蘇舊想再多問問。
「算是吧，我的學費生活費都在這上面了。」小鈴依然沒有表情地說。
「生意如何？客人多嗎？」
「承蒙各位大哥的抬愛，馬馬虎虎。好的時候一週有四、五次。」
「客人都是華人還是也有老外？」
「都是華人，老外我可不敢碰。」小鈴回答，看向蘇舊又說：「你問的是不是太多了？你到底有沒有興趣？」
蘇舊想了想說：「我要想一下。」
「你要是有興趣就打我手機，我隨時都在。」小鈴說著，掏出一張事先準備好的紙條遞給蘇舊，上面寫著一個電話號碼。隨後她拿起面前的咖啡杯喝了兩口，站起來朝店外走出去了。
那之後的兩、三天蘇舊一直在想小鈴的事。他走到市區北邊的公園裡，坐在一棵樹的樹蔭下，看著在空地上肆意生長的草坪，不停地思考。聽小鈴說她自己在賣身換錢，蘇舊對她沒有任何輕蔑。不但沒有輕蔑，反而有一點敬佩。爲什麼會這樣呢？細細想過之後他意識到這感覺是有條件的，就是他們顯然都遠遠離開家鄉在大洋彼岸。如果在老家認識了一個賣身的女人，蘇舊多半會和所有人一起鄙視她，會想躲得遠遠的。但是離了家鄉這麼遠，同樣的事情，意義就不一樣了。在這裡他沒有鄙視她的立場。蘇舊感到有必要再見一次小鈴。他對解決自己的性慾並沒有那麼著急，但是他感到想再認識小鈴多一點，這個小鈴身上彷彿有他在這海外，這異鄉生存需要的某種品質。

花兩、三天這樣想好後，蘇舊決定和小鈴聯繫。這次聯繫也只能以顧客的身分，因爲小鈴顯然不會接受其它的關係。這天下午打工下班，蘇舊走到一個曠闊無人的公園，掏出手機撥了小鈴的電話。

「我是蘇舊。」對方接了後蘇舊說。

「喔，你好。」小鈴的聲音從話筒傳過來。

「今天晚上你有空嗎？」蘇舊問說。

「我今天晚上八點以後有空。」

「那我去找你？」

「好啊，我把地址發給你。」

掛了電話後，蘇舊就收到小鈴的短信，寫了一個地址。回到出租屋，上網查了地址，是在市區的西邊，坐公交車大約二十分鐘的距離。傍晚蘇舊走到一家麥當勞吃了個漢堡，坐了一會兒，到八點的時候就去坐那班車。往西出了市區之後，路邊的風景千篇一律，就是一座連著一座的平房或兩層的民宅，只是門口的裝飾和院子的花草稍微有點不同。這座城市坐巴士出市區，往西往東往南往北都是這個調調。

到了剛才查好的那站，蘇舊下車，找到寫著路名的牌子，就按房屋的門牌號找過去。到了小鈴指定的住址，一看也是一家普通的民宅。蘇舊鼓了鼓氣上去按門鈴，半分鐘後小鈴來給他開了門。小鈴穿著短袖衫和短褲。一進去，蘇舊就看出來這和他租的地方一樣，也是幾個人分租的房子，門廳沒有鞋櫃，沒有任何顯出生活氣息的裝飾品。分租的房子，基本上大家都只管自己租的那一間。

小鈴帶蘇舊從門廊的第二個門進去，裡面是一間十幾平米的房間，有床和櫃子和桌椅。桌上擺著書，講義，一臺用得表面顯出有點磨損的筆記本電腦。

「先付錢。」小鈴關上門，第一句話說。

蘇舊從錢包裡取出兩張五十澳元的紙鈔給她。小鈴把錢收到抽屜裡，便開始脫衣服，見蘇舊不動，便對他說：「你不脫衣服嗎？快一點，做完了晚上我還要趕一份作業。」

蘇舊脫衣服的過程中小鈴脫完了衣服，又從櫃子裡拿了一條毯子鋪在床上。和女生赤裸相見蘇舊許多年來還是第一次，因此有點尷尬。在一瞬間他想到了費珊，但他很快把這想法按了下去。他按小鈴的指示在床上躺下，攤開四肢。小鈴遞給他一個安全套。

「自己會戴吧？」小鈴沒表情地說。

「會啊。」蘇舊逞強說。他沒戴過這種東西，打開來擺弄了一下才明白原理，在對應的器官上戴上。

小鈴湊到蘇舊身邊躺著，撫摸他的身子。一會兒後她又坐起來，跨過腿在蘇舊的下體處坐下，將器官連接，接著就上下身子運動起來。

蘇舊傾瀉之後小鈴也沒很快爬起來，而是躺到蘇舊身邊又和他親昵了一兩分鐘。這可能是她做生意的手腕之一。接著她起來，從蘇舊器官上摘下安全套，過去從桌上拿起一個密封袋，連裡面的液體一起裝進去，扔到牆角的垃圾桶裡。

然後她打開櫃子，拿出一塊手帕扔給蘇舊，說：「自己擦一下。」

蘇舊拿起手帕一看，灰色格子花紋的手帕折紋整齊，看來是新的。「以前有人用過嗎？」蘇舊問說。

「沒有，用過一次就扔掉了。我可不幫忙洗這些。」

蘇舊穿衣服的時候，小鈴已經穿上她的短袖衫和短褲，坐到書桌前，打開電腦。蘇舊穿好衣褲湊過去一看，小鈴正在一份文檔上打字，看一陣打一陣。

「你這是什麼作業？」

「一個翻譯的活，明天中午前要交。」小鈴頭也不回地說。

「有報酬？」

「當然有，白幹誰幹？」

「看不出來你還能打文字工。」蘇舊笑說。

「有什麼奇怪的，我能賣身子，就不能賣頭腦嗎？」

蘇舊站在小鈴旁邊猶豫了片刻，鼓了鼓氣對她說：「下次能不能請你去看個電影？」

小鈴靜止了兩秒鐘，轉過頭來，看向蘇舊說：「看電影？」

「對啊，最近好像有一部好萊塢電影口碑不錯。」

「我沒時間看電影。」小鈴的頭又轉向電腦。

「別這麼說嘛，週末給自己放個假，看個電影，我請你。」蘇舊不知爲何不願放棄。

小鈴又靜止了兩秒鐘，轉頭打量了蘇舊一下，說：「你這人是不是有點奇怪？」

「可能。」蘇舊笑了笑。

「我考慮一下。」小鈴說。

把蘇舊送到門口，小鈴忽然說：「你等一下。」又進屋去，一會兒拿了一個易拉罐出來遞給蘇舊。

「天熱，喝點涼的不會中暑。」

蘇舊接過來一看，是一罐百事可樂，拿在手上冰涼涼的，應該是從冰箱裡拿出來的。

「多謝。」蘇舊笑說。他要擺擺手道別時，小鈴已經進屋去了。

那之後幾天，蘇舊在電腦上玩遊戲，一邊開著QQ，看到小鈴上線就會感到一陣興奮。但他不知道該給對小鈴說什麼，也就一直沒聯繫她。隔了三、四天，小鈴先發訊息過來，問蘇舊什麼時候再去找他。蘇舊回答說過幾天再去，又問她有沒有空一起看電影。小鈴說她沒這個時間，她要賺錢。

在那次去找小鈴之前蘇舊沒有覺得解決性慾是件緊要的事，但那次和小鈴上床後，他不久後又想要了。他想再次撫摸小鈴的肌膚。再怎麼鑽在遊戲裡，他也揮不去那種慾望。蘇舊算了一下，找小鈴一次一百，如果一週找她一次，一個月也就四百，並不是不能負擔的支出。

第二次去找小鈴是臨近聖誕節的時候。這天晚上蘇舊還是在市區的一家麥當勞吃了漢堡。離約定的時間還有一陣子，他就在街上走了走，走到步行街上面。晚上商店大多已經關門，行人不多，但可以看到沿著街擺設的聖誕節彩燈，把步行街照得亮堂堂的。步行街一頭安設了一棵聖誕樹，大約五、六米高，綠色的枝杈以冠狀展開，枝杈上掛著各種閃閃發亮的裝飾，有圓球，有方形的禮物盒，最頂上還有一顆大星星，也都被彩燈照亮。經過商場的時候，蘇舊看到櫥窗裡有一個奇特的擺設，橘黃的燈下擺著一組人偶，有幾個老人，有個人牽著羊，有一對男女，最中間有一個嬰兒，好像是在講什麼聖誕節故事，但他對這故事一無所知。他不禁心想，關於這個節日的一切，不管是街上的彩燈，掛著禮物的聖誕樹，還是櫥窗裡的聖誕故事，都和他沒有任何關係。

還是坐公交車來到小鈴住處。第二次來，已經沒有了第一次來時的那種生疏和尷尬。付了錢，辦了事。小鈴又是做完後立刻坐到書桌前，開始在電腦上做作業。她好像有做不完的作業。蘇舊還是問她，有沒有空出去約會，看電影或者逛美術館。小鈴只是回答考慮一下。

進入一月後不久，蘇舊拿到了駕照。接著當然是買車。他在網上看了買車的攻略，又看了好幾天二手車廣告，終於選定了一輛日本車。他打電話和賣主聯繫，第二天賣主就開了車過來，是個中東人，蘇舊用現金和他成交。

買了車後，蘇舊首先到招工的網站上找需要開車的工作。他發現送貨或者到郊區的農場工作，工資都比在中餐館洗碗高得多。他看到一個果園在招臨時工，工資不錯，時薪是中餐館洗碗的兩倍多，不需要經驗，就是不通公交需要自己開車去，但開過去也不過半小時。蘇舊隨即便打了電話過去應徵。這兩個星期因爲忙這些事他都沒有再去找小鈴。

去果園的時候蘇舊第一次來到郊區。原來出了市區往東邊開二十分鐘就可以進入郊區，道路兩旁沒有了樓房，只是農場放牧的草地一片連著一片，不時可以看到些牛羊。這終於離蘇舊想象的荒原近了些。

採櫻桃的工作沒什麼難的，拿著桶從櫻桃樹下一路採過去，注意把損壞的撿出來丟掉就是，確實不需要什麼經驗。除了蘇舊還有幾個別的臨時工，蘇舊在樹影之間看到他們的身影，但離得比較遠時也無法和他們說話。中午休息的時候大家到農舍下坐著吃各自帶的午餐，蘇舊才看到他們的長相，兩個西人青年，兩個亞裔青年，其中一個蘇舊還認識，是趙歡那個叫小刀的朋友。

「你也來這做？」蘇舊認出他笑說。

「是啊，眞巧。」小刀說。

小刀的午餐是兩個包子和一瓶茶。兩人在屋檐下坐著，各自吃了一會兒後，蘇舊搭話說：

「小刀這個名字是你眞名？」

「當然不是，自己亂起的。」小刀說道，「以前在國內看港片，有個叫賭神的電影，劉德華演一個叫小刀的，是賭神的徒弟，賭技很厲害，看了之後自己也想學，所以給自己取了這個名字。」

「你學過賭博？」

「高中時候不務正業，玩過一些。比如打麻將的時候換個牌什麼的。搖色子也練過一段時間。小時候不懂事異想天開，想像港片裡那樣，靠賭博謀生，不過幸好也就熱衷了一段時間。」

「後來爲什麼放棄了？」

小刀奇怪地看了蘇舊一眼，笑說：「賭博哪能眞的用來謀生？賭博就是有輸贏，人不能一直贏，總有輸的一天，也許你最自信的時候，下了個大注，然後就是那把輸了，一下完蛋。不用說賭博了，那些炒股票的不就是這樣嗎？一開始贏一些，得意洋洋，後面就開始輸，越輸越多，到最後破產跳樓的都不是少數。股票多少還有些規矩，賭博沒有，就是運氣，什麼賭技都是騙人的。」

「所以你現在還是覺得出賣勞力給人打工比較可靠？」

「人還是要有確實屬於自己的用來謀生的東西。賭博沒有，搖色子出來是幾點，老天說的算，人沒有任何辦法。你也可以以賭博爲生，但你會過得很不安穩。今天有的可能明天就沒有了。我的勞力當然是比較穩定的，今天有，明天也不會沒有，雖然出賣勞力可能一天只能賺個八十一百，但是靠得住啊。還有技術，學會了就永遠跟著你，今天有，明天也不會沒有。之前我跟一個前輩學裝修的時候悟到了這一點。在國外這兩年，靠勞力靠技術，算是過得比較安穩，挺好的。」

「確實。」

「這世上大部分人不都是這樣嗎？」小刀饒有興趣地繼續說著，「我是在農場，在工地，但和那些坐辦公室的沒有本質的區別。你在電腦上打字處理文件，不也是出賣自己的技術才能嗎？雖然跟我比起來身體可能不用辛苦。電影明星看著隨隨便便賺大錢，那是因爲臉蛋長得好，可以賣臉。學者當老師做學問形象很好，他們不過就是聰明會學習嘛，這就是他們的賣點。自己做生意當老闆那更要找出一個賣的東西了。所以大家都一樣，你要謀生就要賣。拿出來賣的東西稍有不同罷了。」

「那要按你這麼說，這世上沒有不靠賣東西生活的人了？」

「有啊，怎麼沒有？」小刀冷笑一聲說，「靠父母給的錢生活的不就是嗎？有父母可以依靠你就什麼都不用幹了。企業裡也有啊，靠關係占個位子，什麼都不幹，什麼都不會，什麼都沒有出賣，也可以領一份工資過得好好的。」

「你是說國內吧？」蘇舊笑說。

「是啊，當然。你一個外國人，在別人的地盤，哪來的這種關係？沒有天然的關係，你就只有拿出可以賣的東西出來，和人交換價值，才可能被這個地方接納。離開父母老家，到外國來就要有這個覺悟，這就是我在澳洲兩年的心得。當然你要是有這種關係，就當我沒說。」

「我要是有這種關係，還要來這農場打工？」蘇舊笑說。

吃完午飯又往田地裡走時，蘇舊忽然想問小刀一個問題。

「你認識一個叫小鈴的女生嗎？」蘇舊看著小刀問說。

「不認識。」小刀沒表情地說。

「一個華人女生，挺年輕的，靠賣身賺學費生活費，就在阿德。」

「是嗎？她開價多少？」

「一次一百澳元。」

「那麼貴？」小刀笑了兩聲說，「我們打工的，賺的都是辛苦錢，這個錢存起來幹什麼不好？下體那點事，下個愛情動作片自己解決，不需要一分錢，爲什麼要把錢給一個雞？」

那天幹完活回家後，蘇舊回想小刀說的話。他覺得小刀是個和他同樣立場的人，小刀說的那些也確實像在爲他說話，但不知爲何，他始終不太喜歡小刀的這套人生哲理，也感覺自己不會和小刀做朋友。如果世界眞是像小刀說的那樣，那每個人除了交換價值的時候，只能各自在一個黑暗的角落生活，不存在什麼朋友。

剛拿到車一個月，蘇舊開車去了很多地方，阿德萊德有名的海灘他都去逛了一遍，也去了郊外的國家公園。但熱度過後他對出行就沒那麼感興趣了，還是恢復了以前的愛好，每天坐在電腦桌前打遊戲。

這天他在電腦上打《文明》的時候，QQ響了起來。他點開一看，是小鈴給他發了一條消息。他一個多月沒和小鈴聯繫過了。

「上次你說想請我看電影，還有效嗎？」對話窗口顯示。

15

蘇舊站在電影院門口，看看手錶，已經過了開演時間十分鐘了，但小鈴的身影還沒有出現。蘇舊正在想他大概被放鴿子了的時候，小鈴從電影院前面的街道走過來，走到蘇舊面前。

「不好意思遲到了，巴士晚點。」小鈴說。她穿著一條黑色的蕾絲邊連衣裙，手臂挎著一個小提包，臉上上了一點淡妝。

「不會，現在應該還在放廣告。」蘇舊微笑說。

兩人走到飲料的櫃檯前，蘇舊掏錢買了兩份可樂和一份爆米花，拿著走進劇場裡。他們剛找到座位坐下，劇場裡的燈光就一齊暗了下來，正片開始了。

這是一部好萊塢科幻片，講一隊地球人坐飛船來到一個外星，和當地的藍色皮膚外星人起紛爭又交流溝通的故事。蘇舊沒覺得特別有意思，但他不時留意小鈴，小鈴看得很入神的樣子，在緊張的部分過去後就會從盒子裡拿爆米花來吃，就也覺得是不錯的片子。

走出電影院時是傍晚五、六點鐘，天色昏黃，店鋪都打起了燈。兩人在電影院外的餐館街漫無目的地走了幾步，蘇舊問小鈴說要不要一起吃個晚飯，小鈴說好啊。蘇舊便問她要吃什麼。

「隨便，聽你的，」小鈴說。

他們又往前走了幾步，走到一家意大利餐廳前面，從玻璃窗望進去，金色的店內燈光中十來張鋪著白桌布的桌子，大約三分之一坐著人。蘇舊說要不就吃意大利菜吧，小鈴看著店內猶豫了一下，點頭說好啊。

進去由服務生帶位坐下，兩人桌一人一側。打開服務生遞來的菜單，蘇舊先給小鈴看，小鈴搖搖頭說：「你幫我點。」

蘇舊叫過服務生點了兩份意大利麵。服務生拿著菜單走開後，蘇舊笑了一下說：「剛才的電影還不錯吧。」

「還行吧，」小鈴沒有表情地說，「我也不知道該說什麼。來澳洲這三、四年我還是第一次看電影。」

「是嗎？」蘇舊感到意外，想了想說，「那你和你的前男友約會時都幹什麼？」

「沒有什麼約會，我們在一起就做愛，沒幹什麼別的，最多就是到住處附近的公園走一走，算不上什麼約會。」小鈴說。

「是這樣啊。」

「和前任，前前任都是這樣，實在沒什麼可幹的，就是一直做愛，一晚做兩、三次是常有的，」小鈴少見地露出一個微笑，「那時我也還相信要和喜歡的人做愛，身體要給喜歡的人這種話。」

「那後來呢？想法改變了？」

「後來有一次發現前男友把我們做愛偷拍成視頻，放到網上賣，我也沒有特別生氣，就是覺得無所謂了。反正就是一條賤命，那麼端著幹什麼。所以他跑回去後，我就開闢了賣身這門生意。」

「原來如此。」

兩盤意大利麵端上來，蘇舊看小鈴盯著盤子不動，意識到小鈴不會用刀叉，就拿起叉子示範意大利麵的吃法。小鈴跟著做，試了幾次才學會用叉子卷起麵條。

「你平時都吃什麼？」蘇舊邊吃邊問說。

「泡麵。」小鈴不假思索地應到，又補充說：「或者白飯配罐頭。很少吃什麼別的。」

默默吃了一、兩分鐘，蘇舊又起話頭說：「馬上要開學了，開學後你會很忙吧？」

「你還眞以爲我在上學？」小鈴笑了兩聲看向蘇舊，「那是騙你的。你這個人還眞單純。」

「是嗎？」蘇舊也沒感到很意外，「所以你不是雪莉的同學？」

「我和雪莉不過見過兩次而已，我們是同鄉。」

「原來如此。」

「我也想上學，但是我不可能付得起那麼貴的學費。如果將來能拿到綠卡，能申請助學貸款了，我倒是很想再回學校。」

「但我看你不是有在做作業嗎？」

「我是有自學一點東西。我平時要是有空會讀一些英文的生物學專業的書，也是因爲自己感興趣。現在我也能給人翻譯一些這方面的文章，特別是把中醫的文章翻譯成英文，這個需求還挺大的。」

「這個報酬如何？」

「還行，不如賣身賺得多，但比賣身穩定一點。賣身要看各位大哥的心情，有時可能幾位大哥都忙著，很久都不來找我。最近就遇到了這種情況，兩星期沒人來找過我了。我有一點焦慮。」

「你需要錢？」

「如果只是生活，打工的錢是夠用了，但我不能只考慮現在，我還要存錢。現在年輕賣身還有人買，再過幾年就賣不出去了，所以要趁現在能多賣就多賣，多存一些錢。」

沉默了片刻，盤中的食物也快吃完了，小鈴忽然說：「你要有興趣，今天我們打個炮，我不收錢。」

蘇舊愣了幾秒鐘，應說：「好啊。」本來他已經想好了今天要光顧小鈴的「生意」，這時聽到說不收錢，忽然猶豫起來。收錢的炮輕鬆，要是說是免費的，不由讓人有些不安，因爲不知道對方會拿出什麼。

蘇舊買了單。兩人出來從餐館街走到公車站，等了幾分鐘，車來了就搭上來到小鈴家附近，一路幾乎沒什麼交談。

進了小鈴的屋子，脫了衣服，兩人就跳到床上。跟之前做生意時的表現不一樣，這時小鈴積極主動，身體的動作激烈充滿力量，簡直不像是做愛，而像是在打架。蘇舊幾乎沒有主動進攻，只是一直在防禦，勉強支撐著應對小鈴。小鈴的動作讓他聯想到「慾火焚身」這個詞。

過了半小時還是一小時，蘇舊第二次傾瀉後，小鈴才停止了動作，翻過身躺在蘇舊身邊。兩人都累得氣喘吁吁，躺著不動彈。

蘇舊躺著看著小鈴這間小小的房間，看她書桌和書桌上放著的東西，有一點不知道自己在哪裡的恍惚感。躺了幾分鐘後，小鈴爬起來，穿上短袖衫和短褲，開門出去，大概是去了廚房，因爲她拿著兩罐百事可樂回來。關上門，她把一罐可樂扔給蘇舊。今天她沒有馬上開始做作業，而是坐在椅子上，打開了可樂喝起來。

蘇舊開了可樂，喝了兩口，想了想說：

「告訴我一件關於你的過去的事。」

「我的過去？」小鈴看向他說，「爲什麼想知道我的過去？」

「不爲什麼，就當隨便聊聊。」

小鈴喝了兩口可樂，沉默了一會兒說：「你有沒有聽說過被從族譜除名這種事？」

「被從族譜除名？」蘇舊重複了一下。

「我十九歲的時候，那時家裡要我嫁給村長的兒子。我不想嫁是因爲那時我在城裡已經打了一年工，見過一點世面。村長那個兒子在我眼裡就是一個土包子。那年春節在老家，先是父母勸，然後姑姑嬸嬸，爺爺奶奶輪流來勸，我就是不從。那時說得激烈的時候，我就拿起茶壺摔在地上，說你們乾脆就像這個茶壺一樣打死我好了。他們也沒辦法。過了兩天，我爸跟我說，本家爺爺爲了避免村長來找我們家麻煩，要把我從族譜除名，這樣我做的就和家族再沒關係。我說除名就除名。」

小鈴出神地看著牆壁停了幾秒鐘，好像在回想一幕情景，接著又繼續說道：「他們還愼重地搞了一個儀式。把我叫到本家大宅，那時來了十來個親戚，叔叔伯伯姑姑嬸嬸，在院子裡坐成兩排，我就坐在中間。然後是管族譜的大伯主持，他在祖宗靈位前燒了香，拿出一張寫好的紙，按上面念出來。某年某月某日，因爲我什麼什麼事，違反祖宗規矩，將我從族譜除名，證人有誰誰誰。然後煞有其事地拿出族譜，翻到有我的名字那一頁，在衆人眼前用一根毛筆把我的名字劃掉。然後我就看他對我揮揮手，要我出去，我還沒動，父母就過來拉我，把我拉了出去。那天之後的事我都記不得了。」

「那之後呢？」

「之後我當然還是過我的生活。本來我已經在靠打工養自己，並沒有依靠父母家族。那之後我還是去城裡打工，兩年之後機緣巧合輾轉來到澳洲。只是除個名罷了，能讓我多一塊肉少一塊肉？至少我最初時是這麼想的。現在這件事過去五年了，我回想這些年的生活，不得不承認這個除名可能對我影響很大。這些年我心裡一直有一個想法，就是這世上除了我自己，沒有人會對我好，所以我必須對自己好。我最近才有點奇怪，爲什麼我會有這種想法。也許和那個除名有關。如果沒有被除名，如果我有一個可以回去的地方，也許我不會有這種想法。」

「這種想法不對嗎？」

「我不知道。我只知道因爲抱著這種想法，我始終沒有再全心相信一個人過。就算交了男朋友，我也不相信他會一直對我好，我也不敢要求他什麼，因爲在我認知裡面能對我好的只有我自己。可能就因爲這樣，我留不住男人。所以現在比起男人，我更喜歡錢，錢我多少還能相信不會背叛我。我的錢就是我的，不會自己跑掉。」

蘇舊聽了默默喝可樂，一、兩分鐘沒有說話。小鈴打破沉默說：「我講了我過去的事，你不也講一件你過去的事給我聽聽？」

「好啊，」蘇舊應說，想了想開始講：「我十二、三歲上初中的時候，那時我同班有幾個小夥伴，四、五個人，常常一起打球，聊天，躲在學校廁所後面抽菸，逃課去機鋪打遊戲什麼的，和他們在一起挺開心的。後來有一次，我忘了是爲什麼，我和這個小集體的頭爭論了幾句，和他們一下不好了。他們也不和我說話了，放學也不叫我了。我借給他們一個遊戲機他們也再沒還我。一直到初中畢業我也沒交新朋友，一直是一個人獨來獨往。不是說我喜歡獨來獨往，是我被我認爲是朋友的那些人排擠在外了。我整個生活習慣就是從那時開始改變，一直到現在二十年了也沒改回去。聽你剛才說的，我就想起這件事，我覺得我多少能理解你的心情。」

「你覺得這樣的事發生是爲什麼呢？是因爲我們是壞人嗎？還是因爲我們是好人？」小鈴回應說，臉上彷彿掛著一個淺淺的微笑。

「這跟好壞沒有任何關係。這件事就像是一個人抓了一把玻璃球握在手中，搖著搖著，一個玻璃球掉出來，掉在地上。我們就是掉出來的那個玻璃球。不是我們想掉出來，不是我們有掉出來的使命，不是我們和其它的玻璃球有什麼不同所以會掉出來。事情就是這樣發生了而已。我們不是壞人，我們也不是好人，但我們只能尊重這件事情。因爲這件事情一輩子會跟著我們。這件事情就是我們。」

那之後不久大學的新學期開學，蘇舊回到了邊上課邊打工的繁忙生活裡。他意識到小鈴不在了大約是開學過了兩、三週時候的事。之前他給小鈴發了條QQ消息，問她什麼時候有空，小鈴沒有回。蘇舊以爲以她的性格這是正常現象，也沒在意。直到過了兩週，又發了幾條消息，小鈴還是毫無回應，蘇舊才意識到可能出事了。他打小鈴的手機，提示音說對方手機未開機，打了幾天都是這樣。這天週末打完中午的工，他搭上公交車，來到小鈴的住處。敲了門後，一個他不認識的女生來開了門。蘇舊說他找小鈴，這個女生說小鈴三週前搬走了。蘇舊問搬去哪，女生說小鈴沒和她說，她也不知道。

蘇舊在QQ上問雪莉，知不知道小鈴現在在哪。雪莉說小鈴三、四週前跟她說準備去悉尼，但是沒給她新地址。QQ和手機都和她聯繫不上。蘇舊看到雪莉的回覆多少感到些安慰。悉尼，他沒去過，但看地圖到底離得不遠。也許有一天他去悉尼玩的時候，會在路上偶然碰到她。也許她那時已經找到了更好的謀生，又或者已被某個有糧的大哥收留，不再爲生活費爲難。不知爲什麼，蘇舊想象一些好事發生在小鈴身上時，自己彷彿也能得到安慰。

就這樣一年過去。蘇舊什麼也不敢多想，只是用各種事情讓自己忙碌不停，有上課、有打工、有遊戲，能有一種生活還在朝某個方向前進的感覺也就足夠了。到了年末第二年的暑假，趙歡畢業了，找到了一份在墨爾本的工作。趙歡比蘇舊早一學期入學，所以先畢業。臨行前他請蘇舊吃了頓飯。兩人來到他們常去的中國城的新疆菜館，照老樣子點了大盤雞和啤酒。

「總算能離開這個漁村去現代化大城市了。」趙歡臉上顯出對未來生活的興奮。

「當初你爲什麼會選擇到這裡來讀書？」蘇舊問說。

「還不是聽中介說，來阿德讀書移民有加分嘛。」

「所以你一開始就是衝著移民來的？」

「那當然，我可不是什麼來留學鍍個金就回國當海龜的那種。你應該也不是吧？你的志向應該也是一生雲遊四海，像李白一樣。」

「倒不是特別想雲遊四海，但沒打算回去是真的。」

兩人拿起啤酒杯碰杯喝了幾口。趙歡趁興說了他的人生規劃，現在先攢錢攢身分，到了四十歲的時候拿到澳洲護照了，也有一筆錢了，就可以自由幹想幹的事，而這件他想幹的事會常常帶他去世界的不同國家。

「可能是一個自己的生意，可能是一個常出差的職位。總之我要在老了之前盡可能地多去各種地方。」

「聽著挺不錯的。」

「你怎麼樣，不會想一直呆在阿德吧？」

「阿德也挺不錯的，能呆就呆吧，我基本上不是喜新厭舊的人。衣不如新，人不如舊，地方也不如舊。」

「那你還能到這海外來？你這個人也挺特別的。」趙歡笑說。

又喝了幾口。趙歡說大後天的飛機去墨爾本，該準備的都準備完了，這兩天可能沒什麼事幹，讓蘇舊給推薦一款遊戲玩玩。

「對你這樣的老玩家來說，什麼遊戲讓你覺得很特別，雖然不出名，但你玩了之後印象深刻的？」

蘇舊想了片刻，忽然一個遊戲的名字在他腦海裡冒出來。

「你有沒有聽說過一個遊戲叫《同級生》？」

「沒有，」趙歡搖頭說，「好玩嗎？」

「高中時候玩過的，一個模擬追女生的遊戲，可能知道的人不多，但對我個人來說挺特別的。」

「模擬追女生？你還會玩這樣的遊戲？」趙歡笑了兩聲說，「我還以爲你玩的都是打戰的，魔獸爭霸，英雄無敵什麼的。」

「我也只玩過這一款，後來再沒玩過這種戀愛類的。可能高中那個時間點比較特殊吧。」

「那我倒想找來玩玩。網上有地方下嗎？」

「你搜一下可能有。那是個DOS遊戲，你可能要找個模擬器。」

因爲和趙歡提到《同級生》，那天回去後，蘇舊忽然自己也很想找出這個遊戲再玩一次。他從行動硬碟裡找到了以前電腦裡的資料，包括這款老遊戲。因爲沒法在蘇舊新電腦的操作系統上直接玩，蘇舊到網上找教程，安裝了模擬器，把遊戲跑了起來。

以前玩的進度都還在。蘇舊讀取一個進度，畫面轉爲純太的臥室。按了兩下操作，純太從家裡出來，走到外面的街道上，畫面出現了那個叫矢三町的小鎮的全景。高中時候的記憶忽然一齊甦醒過來，那些男同學女同學的相貌言語，帶著朝氣的笑聲，還有走廊和操場上的身影。還有班長穆尖。好像穆尖昨天才把這個遊戲推薦給他。

按方向鍵讓純太在街上亂走，來到車站，撞到一個女生。這個是巴士導遊，在以前的攻略裡蘇舊已經讓純太追過這人很多次了，達到結局也很多次了。但這時純太還像什麼都不知道一般，樂滋滋地向她搭訕，努力博取她一個回應。後來又在街上撞到同班女同學，幼兒園保姆，便利店售貨員，純太好像喜歡每一個人，對每一個人都想搭訕，開口說出的每一句話彷彿都帶著光彩。高中畢業後這麼多年，經歷了各種人與事，察覺了這個世界運作的眞正邏輯之後，再看這個遊戲，蘇舊重新感到其中的不可思議。在那個小鎮上，路上隨便撞到一個人，都彷彿是一段可以開始的夢想。這個小鎮不會再有了。

16

前一晚下雨，早上天還蓋著灰濛濛的陰雲。三十七歲的蘇舊在公路上開著車，前後看不見一輛別的車。上一次看到一家商店已經是二十分鐘前，那之後路兩旁的風景全是草地和荒地，零散地長著灌木，間或出現一兩棟農家的平房。

蘇舊在路邊停車，打開手機確認了一下地圖。目的地應該就是前面這塊荒地。他又往前開一點，來到一個像是入口的地方，兩邊是柵欄，圍著中間一條大約五、六十米長的通道，通向荒地中一間紅頂白牆的平房。中間有個人站在圍欄邊，離得太遠看不清臉，但蘇舊知道她是誰。

蘇舊把車從通道開進去，通道上坑坑窪窪的，讓車搖擺起來。開到那站著的人前面，蘇舊停車搖下窗戶。費珊穿著一件黑色的羽絨服，長髮凌亂像是好幾天沒洗過，被風吹著隨意晃動。蘇舊停車後，她站直看了蘇舊一眼，仍然彎下腰去，繼續手裡的動作。她手上帶著布質手套，手裡拿著一把老虎鉗，應該是在修理鋼絲搭的柵欄。

「哪裡可以停車？」蘇舊問。

「哪裡都行，這裡沒有停車場。」費珊保持彎腰的姿勢說，停了一下又站直起來，朝房子的方向一指說，「停在房子前面吧。」

蘇舊在房子前停了車。房子前除了他的車還有一輛銀色的福特小車。

蘇舊從車上下來後，看見費珊也往房子的方向走過來。她沒和蘇舊搭話，只是脫了手套，和老虎鉗一起放在屋前一張檯子上。檯子上還有些別的工具，電鑽、斧頭、鋸子。

「要不要吃雞蛋？請你吃走地雞剛下的蛋，」費珊朝向蘇舊一笑說。這是兩人見面後她第一次露出笑容。

「好啊。」蘇舊應到。

蘇舊留意著費珊的舉動，彷彿想在她動作裡捕捉對某個問題的提示。費珊往屋子一側走過去，蘇舊跟著，一直跟到一個雞圈前面。費珊開了一個小門進去，蘇舊沒進去，只是看裡面大約有二、三十隻雞，在裡面隨意跑著。大約一分鐘後，費珊拿著兩個雞蛋出來。

蘇舊又跟著費珊走進屋子裡。這棟房子不小，有四、五間房的樣子。走到廚房，費珊在一個鍋上裝了水，拿到煤氣灶上燒。

「到客廳坐吧，」費珊轉身過來帶著蘇舊進入另一間房間，又說，「不好意思，我大概一星期沒和人說話了，聲音有點不好使。」

這間客廳有沙發茶几，還有個壁爐。不是裝飾用的，而是真的壁爐，裡面正燒著一團火。壁爐旁邊還堆著一堆木頭柴火。

「這是我自己劈的柴，從農場的樹上劈下來的。」費珊往壁爐添了兩根柴火。

「沒有空調嗎？」蘇舊說。

「有空調，不過如果是在這客廳，壁爐更好用。昨天我就在這裡烤著火看書坐了差不多一整天。」

費珊又走去廚房，過了一會兒端了兩個碗進來放在茶几上，看裡面有荷包蛋，水應該是糖水。蘇舊拿起其中一個碗，用碗裡的湯匙吃了蛋又喝了糖水。

「味道不錯。」

「是吧？現在我天天吃這個蛋。」

「現在你都是自己做飯嗎？」

「是啊，每天做給自己吃。」

「菜是在哪買的？」

「開車到最近一個超市大約半小時。還行，一星期去一、兩次也不是什麼負擔。我想搞一個菜園，但還沒時間，搞起來就能吃自己種的菜了。過去兩個星期我每天都在修這些破爛東西，房頂籠子柵欄，我感覺我都練出肌肉了。」

吃完荷包蛋，費珊說帶蘇舊到農場裡轉一圈，蘇舊點頭答應。兩人從房子裡出夫，費珊帶蘇舊往一側走去。在他們面前平鋪開一片廣闊的荒地，遠處邊界上是一排深綠色灌木，空氣清冷，在陰雲之下，景色顯得異常陰鬱。

費珊帶著蘇舊往外走，指著視野裡十幾隻羊駝說：「那些是之前的主人養的，轉讓農場時直接轉讓給我了。我就靠它們給我除草。」

「你不是想養馬嗎？」

「要養的，現在還沒時間。等安頓差不多了，我要買兩匹馬，再買十幾頭牛來。九月我父母來了之後我時間上會好很多。」

兩人走了大約十分鐘，繞了農場大約四分之三圈，走到一個水塘前面停下來。水塘大約有兩個籃球場的面積，這時水面倒映著天空的灰色，亮一塊暗一塊。

「那些羊駝就在這裡喝水。」費珊兩手插在羽絨服口袋裡說。

沉默了片刻後，費珊說：「你覺得這個農場怎麼樣？你如果有興趣，我這邊缺一個幫忙的人。」

蘇舊看向水塘，忽然微笑起來，說：「你知道嗎？不知爲何，我一直有一種渴望，想到一個荒漠裡去生活。從小時候開始，那些同學朋友在尋求綠洲的時候，我卻在尋求荒漠。找了這麼多年之後，我終於明白，這個荒漠就是我自己。」

費珊說：「我也有過類似的想法。但是我一直不甘心，總以爲自己是那個應該得到一切好處的人。直到追求了這麼多年之後，終於發現，我和大多數人一樣，得不到的不會再有了。」

蘇舊想了片刻後說：「給我一點時間考慮一下。」

費珊笑了一下說：「可以，這裡天高皇帝遠，我們有的是時間。」

基於二〇二〇年作短篇小說《〈同學〉攻略》
二〇二三年二月至七月寫於大阪

國家圖書館出版品預行編目資料

同學攻略／張一弘著. --初版.--臺中市：白象文化事業有限公司，2024.7
面； 公分
ISBN 978-626-364-344-4（平裝）

857.7 113005658

同學攻略

作　　者　張一弘
校　　對　張一弘
發 行 人　張輝潭
出版發行　白象文化事業有限公司
412台中市大裡區科技路1號8樓之2（台中軟體園區）
出版專線：（04）2496-5995　傳真：（04）2496-9901
401台中市東區和平街228巷44號（經銷部）
購書專線：（04）2220-8589　傳真：（04）2220-8505
專案主編　黃麗穎
出版編印　林榮威、陳逸儒、黃麗穎、水邊、陳媁婷、李婕、林金郎
設計創意　張禮南、何佳諠
經紀企劃　張輝潭、徐錦淳、林尉儒
經銷推廣　李莉吟、莊博亞、劉育姍、林政泓
行銷宣傳　黃姿虹、沈若瑜
營運管理　曾千熏、羅禎琳
印　　刷　基盛印刷工場
初版一刷　2024年7月
定　　價　250元